講談社文庫

清水義範ができるまで

清水義範

目次

第一室　小説

第二室　読書

第五室　世界

第六室　過去

第七室　生活

特別室

清水義範ができるまで

第一室——小説

どんな小説が書きたいか

「どんな小説を書きたいんですか」

ときかれた。それに対して、私は返答につまった。

今から二十年ちょっと前のことである。私が、安定した作家になりたいと焦っていた三十歳の時のことだ。

私はかなり幼い時から小説家になりたいという夢を持っていた珍しい人間である。本を読むのが好きな子供であると同時に、漠然と小学生の頃から将来は小説家になりたいと思っていた。

高校二年生の時のクラスの中に同好の友人を得て、同人雑誌ごっこのようなことを始めたのだが、私だけは仲間に対して、将来は書くことのプロになりたいんだと表明していた。みんなに言いふらした手前、途中であきらめるわけにもいかない、という追いつめられた格好になるように、自ら計画したのだ。大学生になっても同人雑誌を続け、社会人になってもそれは続いた。

その、社会人になる時のこと。

愛知教育大学という、当時は卒業者のほぼ十割が教員になる大学にいながら、私は教員採用試験を受けなかった。卒業式の日に、全卒業生の中で私一人だけ、就職先が決まっていなかった。

ここで小学校の先生になってしまえば、おそらく絶対に小説家にはなれないだろう、と思ったのだ。だから無理矢理にでも東京へ出なければ、と。

人生を、小説家になるために形成しているわけだ。私は東京へ出て、小さな情報サービス会社に入って働いた。そして、なおも同人雑誌を続け、いくつかの小説雑誌の新人賞に応募した。新人賞にはどれも、最終選考作品に残るぐらいのところまでいき、最終選考で落選した。

そういう修業時代は十年間続く。

そんな頃に、一時的に刊行されたがすぐに消えてしまったSF雑誌の編集者と会って食事をすることがあった。むこうも人材を求めていて、誰かの紹介で会ったというわけだ。

その席で、その編集者が私にきいたのだ。

「どんな小説を書きたいんですか」と。

その問いに答えられないことに自分でも驚いた。こういうものが書きたいんです、というのが頭の中にないのだ。ただぼんやりと思うのは、なんだって書ける気がするんですが、という曖昧で不遜《ふそん》な思い。

要するに、まだ自分がわかってなかったのである。自分にはこれができる、というのを摑《つか》んでなくて、ただただ、書けるはずだ、とばかり思っていた。

新人賞に応募してどれも落選した理由もそこにあったのだと、今はわかっている。私の小説はいつも選考評で、そつなくまとまっているのだが新人らしい力強さがない、というようなことを言われるのだった。

これが書きたいんだ、と思って書いているのではなく、これも書けます、という小説になっていたために、人をひきつけるパワーが欠けていたのだ。

まず最初に小説家になりたいと思ってしまった人間であるため、何を書きたいのか自分で摑んでいなかった。それが、なかなか夢のかなわなかった原因なのだ。

では、原点に立ち返ってみよう。どうして私は小学生の頃から小説家になりたかったのか。

その理由は、小説を読むと楽しくて、自分にもこういうものが書ける、という気がしてならなかったからだ。『次郎物語』を読んだ時もそう思った。中学生から高校生にかけて、推理小説を読みあさった時も、それを楽しむと同時に、自分にも書ける、という気がした。ＳＦファンになった時も、そういう思いを抱いていた。漱石を読んでも、谷崎潤一郎を読んでも、トーマス・マンを読んでも、ヘンリー・スレッサーを読んでも、自分もこういうのを書こう、と思うのだ。

自分には必ず書ける、という思いこみがあって、小説家になるしかない、と勝手に決めているわけなのだ。

ところが、十年近くも修業して、まだ目的を達せられないのは、そのぼんやりとした願望のあり方のせいだった。新人なら新人らしく、おれのやりたいことはこれだ、というのをぶつけていかなくちゃ、力強さも面白さもないのだった。

どうも私は、ハッタリをかますのが苦手で、節度のある行儀のいい小説を書いてしまい、その点でもパワーに欠けていた。

もっと、自分が面白いと思うことにこだわって、ほかの人間には思いつけないだろう、というものを書かなくちゃ、と私は三十歳にして初めて考えた。ところが、自分の特性を見つけるというのは、なかなかむずかしいことで、迷いが大きくなるばかりだった。

そんな頃に、テレビを視ていた。ＮＨＫの歴史ドキュメントで、そこでは寛永御前試合のことを取りあげていた。講談などで有名な御前試合だが、よく調べてみると出《で》鱈目《たらめ》だ、という内容だった。まるで時代の違う人が試合をしたことになっていたり、架空の人物がまぎれこんでいたり。

　それを視ていて私は、面白いな、と思った。時代考証が出鱈目な時代小説をわざと書くというのはいいかも、と。そして、時代小説だけど、現代のことを書くというアイデアを思いついた。つまり、SFをちょっと応用して、未来の作家が、昭和のことを書いた時代小説とするのだ。そうすれば、時代考証がヘンだということが誰にもすぐわかる。

　というわけで、『昭和御前試合』という小説が書けた。北の湖対三船敏郎とか、姿三四郎対アントニオ猪木、なんていう対決のある、めちゃくちゃの御前試合である。その小説を書いたのは未来の作家、というしかけだ。

　その小説が、紆余曲折あったのだが、私の最初の短編集にまとまったのが、三十三歳の時だった。それまでにも青少年向けSFは書いていたのだが、その短編集が私の大人向け小説のデビュー作ということになった。

　するとその短編集を読んで、「小説現代」の若い編集者が連絡をくれ、何か書いてみませんか、と言ってくれた。二作ボツになって、三作目でようやく採用になったのが、『猿蟹の賦』である。

それは、当時司馬遼太郎の小説を愛読していて、あの文章は魅力的だよなあ、と思っていたところから生まれた小説である。つまり司馬さんのあの文章で、司馬さんが書くはずのないむちゃな話を書いたら、すごく面白いのではないか、と思ったのだ。そこで、さるかに合戦を司馬文章で書いてみた。

そうしたら、その小説にはパスティーシュ小説、というリード・コピーがつけられた。私がパスティーシュ作家ということになる記念作品となったのである。

次に書いた出世作は『蕎麦ときしめん』だった。これは、イザヤ・ベンダサンの『日本人とユダヤ人』という話題の書を読んでいて、どうして日本人は、外国人が日本人の悪口を書いた本を好んで読むんだろう、と思ったのが発想のきっかけである。しかもこのベンダサン氏はくっきりと山本七平氏で、つまり偽外国人である。それがそんなに面白いのなら、偽東京人の書いた名古屋人論を書いてやれ、と思ってこの小説ができた。

そうしたら、その中の出鱈目名古屋人論が妙にウケてしまった。

次に書いたのが『序文』である。ある言語学者の書いた本の、序文だけを何種類か並べるだけという、ヘンな小説だ。自然に、学者のおかしさ、というものが出て好評だった。

というふうに私は小説家としてだんだん安定していき、パスティーシュ作家だとか、ヘンなことを面白く書く奴だとか言われるようになり、幼い頃からの夢がかなったのだ。

ところで、今あげた四つの短編小説に共通点がある。それは、形式上どれも、私が書いたのではなく、ほかの人が書いたものになっている点だ。もちろん、作者名のところに清水義範と書いてあるのだから、私が書いたことは誰にでもわかっている。でも内容においては、未来の小説家とか、偽東京人とか、司馬遼太郎もどきとか、言語学者がこれを書いたことになっているのだ。

それが、私のスタートの頃の得意技だった。

つまり、私は、誰かが文章を書く、もしくは小説を書く、ということが面白いのである。小説ってものを面白がって小説にする、と言ってもいいかもしれない。

今思えば、そのことで、私の原点とつながっているのだ。私は小説が好きで、これなら私も書ける、と思う子供だった。だから、小説ってものをいつくしむ小説を書いているのだ。

だからこそ、私はどういうタイプの小説家なんだか分類に困るほど、いろんなものを書くのだと思う。メイン商品はパスティーシュ及びユーモア小説だが、ミステリも

ＳＦも書く。家庭小説も時代小説も青春小説も書く。ちょっとシリアスなものも、こわい小説も書く。

私はいろんな小説が好きで、どれも書いてみたいのだ。そういうわけで、結局は元に戻ってしまった。

「どんな小説が書きたいんですか」

と、今問われたら、私はまた返答に困ってしまう。

そして、なんとかひねりだす答は次のようなものであろう。

「私にしか書けないいい小説です」

科学する小説

最近、私は人間の記憶というものをテーマにした小説を書いた。記憶というのはよく考えてみるとかなり曖昧で、頼りないものなのだが、でも人間はそれをもとにアイデンティティーを確立するしかなくて、それはふと不安になってくるようなことだ、というような物語である。

で、記憶がテーマなのだからその小説の中に、ほんの少しだが脳のことを調べて書いた。脳がどのような仕組みで、あの複雑で高度な働きをするのか、ということの、科学的なと言うか、理科的な原理を説明したのである。ただしもちろん、一番初歩的な上っ面のところを、少し書いただけだ。それは小説なのだから難解な科学解説を始めて読者をうんざりさせてはいけないのだから。その上、実は脳の働きについては最先端の研究をもってしてもまだよくわかってはいなくて、小説家が易しく説明できるような問題でもない。

ただ、小説の中にほんの少し、科学的な記述を入れてみただけのことである。

そうしたら、その科学的な話が興味深かったという人と、その部分が小説の中で違和感をもたらした、という人の二種類の読者に分かれた。

後者の人はこう言うわけである。

小説の中にいきなり科学の話が出てくるんだもの。私たち小説好きは、科学のことかは苦手で、さっぱり訳がわからないんだから。

もっと明瞭にこう言う人もいるかもしれない。

小説の中に科学談義を入れるのは間違っている。科学とは、小説と最もへだたった、相容れないものなのだから。

だが、私は必ずしもそうは思わないのだ。むしろ私は、小説を書くにしろ読むにしろ、今や、科学を意識していることがとても大切ではないかと思うのだ。

もちろん小説は、人間の情感に基づくものである。それは私だってその通りだと思っている。情感を切り口にして、人間の心の問題に迫るのが小説で、それはどんな小説でも根本に持っている一面である。

しかし、それはその通りだとした上で、私は思うのだ。現代の小説は、科学的な思考法や、科学への視点を持っていてしかるべきではないのか、と。

人間を理科系と文科系の二種類に分けるという考え方がある。そして、理科系は小説は読まないし書かない、文科系は科学のことがわからないしわかりたくもない、など言う。

もちろんその意見は間違っていて、理科系出身の作家はたくさんいるし、科学者だって小説を愛読する人は多い。だけれど、その俗説が案外信じられているというのは事実だ。そんなところから、小説を科学とは無縁のものにしておきたいと願う人が、少なからずいるような気がする。

しかし、文明がここまでくると、実は人間は科学的環境の中に生きているのだ。電話でデートの約束をするのも、薬をのんで風邪がなおるのも、カードで預金を引き出すのも、みんな科学的な現象である。そういうことをひとつも意識しないで、心の問題だけを書くんだとは言っていられないはずである。

誤解されないように念を押しておくが、私の言う科学を意識するは、小説の中で科学を解説するという意味ではない。別に、特に何かを書かなくてもいいのだ。

恋の喜びを、これは体内にアドレナリンが分泌されたところからくる興奮で、それが脳にどのように作用し、血圧の上昇、発熱、心搏数の増加が起こっているのか、なんて書くのは変である。

その小説の作者が、科学への意識を有しているのが、当然のことではないかと思っているのである。科学は小説の対極にあるものだ、とは思えないはずだと言っているだけである。

二十世紀は、驚くほど科学が発展した時代であった。百年前と今と、人間の生活ぶりをくらべてみればそのことは一目瞭然であろう。子供はコンピュータを使ってゲームをして遊んでいるのである。

こういう時代には、一人の人間が身のまわりの科学を全部理解しているというわけにはとてもいかない。つまり、訳のわからない科学文明に取り巻かれて生活していくしかなく、それはちょっと不安なことである。

そこで、科学に復讐したくなる。宗教とか、超自然現象などを信じようとする傾向が出てくるのだ。科学では説明できない不思議、のほうにロマンを感じてしまい、そっちに走る人が多くなる。近頃の宗教や、オカルトの流行はそれであろう。理屈よりも、感覚的な方向に走りたくなるわけだ。今はまさしくそんな時代だと思う。

しかし考えてみれば、人間は確かに感覚的に高度な生き物ではあるけれどそれと同時に、科学的な思考力を持つ生き物でもあるのである。人間の歴史を振り返ってみれば、それは否定しようがない。人間なればこそ、ここまで科学を発展させてきたのである。

その人間を、丸ごと描くのが小説ではないだろうか。心の問題もだが、人間のもうひとつの合理的側面を無視するわけにはいかないはずだ。

小説の中に、科学がスッポリ抜けているわけにはいかないと思うのである。

以上のことは、私などが言うまでもなく自明のことだと思う。これまでも、これからも、優れた小説というのはよく見ると大いに科学的なのである。感覚だけで組み立てられた小説なんて、ほとんどないであろう。

私としては、人間というものを理解する補助として、もう少し科学的な勉強をしていきたいなと、思うのである。そして科学の面白さを、小説の中に生かせたらと願っている。

なぜ理科か

大人になってから母に、お前の小学生の時の通知表だよ、というものを見せられたことがある。へえ、どんな成績なんだろう、と好奇心がわいた。小学生の頃の自分の成績なんて、覚えていないからである。

見てみると、覚えていないのも当然の、これといった個性もない成績だった。とびきり優秀でもなく、そう悪くもない。ややすぐれている、というのがいちばん多くて、まあ上の部類だけどとびぬけていいわけではない、というところである。

ところがよく見ると、二つの課目だけがいつも、すぐれている、で、ほかよりいいのだった。その二つの課目が、国語と理科だった。小学一年生の時の通知表である。そうだったのか、と不思議な気持がした。そんな頃から私は、国語と理科だったのだ。

これはちょっと珍しいケースかもしれない。

国語と社会科ができる、とかいうのが普通なのではないか。理科がよいなら算数もよいとか。

なのに私は国語と理科で、なるほど、それで高校生の時に出あったＳＦの熱心なファンになってしまったわけなのか。ことばも好きだけど、物事の原理を理屈っぽく考えるのも好きだというわけだ。

ただし、誤解を生まないためにあわてて正直に白状しておくと、高校生になった頃の私の理科系の課目の成績は、惨憺《さんたん》たるものだった。物理も化学も生物も地学も、落第点すれすれだった。

高校時代にも、実は科学的な原理の話は好きだった。私は授業中に、なるほどラボアジエやアボガドロやシャルルはいいところに気がついて、面白いことを考えたものだなあと、教師の話を講談のように楽しんでいた。しかしそのあとの、では次の場合の分子量はいくらになるか計算しなさい、という問題の時はかくれて小説を読んでいたのである。私が面白がるのは原理の話だけで、計算となると、逃げまわっていたのだ。計算や暗記が苦痛でたまらないという劣等生をやっていたのだ。

私のそういう性格は今でも続いている。パソコンとはどういうもので、何ができるものなのだ、と思うと少しはひとに教わってみるのである。そして、なるほどそういう原理のものか、と思うと、それでもうやらなくなるのだ。原理を知るのが面白いのであって、それを知ったらそこから先は作業じゃないか、と思ってしまう。

そういうわけで、私は決して科学に強い人間ではない。科学解説の本に数式が出てくるともうお手あげである。計算してみよう、と言われると逃げだす。

だが、私の根本には、国語と理科が好き、という小学一年生がいるのだ。だから、理屈っぽい原理について考えるのは楽しい。

そして、国語仲間に、理科の話をしたくなるのだ。国語仲間とは、文学的な話題で盛りあがれる仲間、という意味である。

ところで、多くの国語仲間は、中学では英語が得意となり、高校では古文がよくでき、歴史などには興味もあるが、理科なんか知らん、という人であることが多いのである。それどころか、理科とか科学の話になると、うへえ、などと言ってハナからきこうとせず、わからなくてもいいんだ、などと避けまくるのである。理科と科学と現代テクノロジーは、おれに関係のない別世界で勝手に好きなことをしててくれ、おれは関わりたくない、という調子なのである。

ところが一方で、科学の解説書はびっくりするほどたくさん出ている。たとえばあなたがビッグバンとは何だろう、と思ってちょっと大きな書店へ行けば、たちどころに十冊以上の解説書を集めることができるだろう。

人間は一方で、宇宙のことや物質のことやエネルギーのことや生物のことがかなり好きなのである。ただし、好きな人と、好きでない人がくっきりと二分化して、互いに関わりを持たないようにしている。

そこが私には、もったいないことに思えるのだ。国語と理科だった少年のなれのはてとしては、国語派の人々に、理科の面白さを、わかることばで、楽しく語ってみたいな、という意欲をくすぐられるのだ。

先に『おもしろくても理科』という本を出し、今度『もっとおもしろくても理科』という本をまとめた私の意図はそんなところにある。理科嫌いの人をなんとか巻きこみたいというのが、私のいちばんの狙いなのである。

忘れられていた殿様

尾張徳川家第七代藩主、徳川宗春のことを今、新聞連載小説に書いている。書きつつ、こんな面白い人のことが、よくぞこれまであまり知られずに埋もれていたものだと、喜んでいる。

この一、二年でこの異能の殿様のことが、昔より少しは知られるようになってきている。ひとつには、影響力の大きいＮＨＫの大河ドラマが「吉宗」を取り上げたせいで、そのライバルというか、敵役として宗春のことが少し知られたというわけだ。倹約を心がける質実剛健な吉宗に対して、派手好きで遊び好きで、いちいち逆らった困った御三家筆頭藩の藩主、という位置づけになる。とにかくそういう、嫌なライバル役として、宗春はちょっとだけ知られてきた。

でも、敵役でも何でも、少しは知られてきたというのは目出たいことだ。それ以前にはほとんど埋もれていたのだから。

私は名古屋生まれで、大学を卒業する歳まで名古屋に育った生粋《きっすい》の名古屋人だが、尾張の宗春なんていう殿様のことはひとつも知らなかった。少なくとも、学校で習ったことはない。

歴史教育が、ともすれば中央の、ごく一面のことばかりに偏っていて、郷土史のようなことにほとんど時間をさかないからである。宗春に限らず、尾張の殿様のことなんて何も知らなかった。

名古屋人が尾張の殿様のことを知らないのにはほかに理由もあるのだが、それは後で述べる。

とにかく、ちょっと前までは平均的名古屋人は、宗春のことを知らなかった。

幼い頃のことを思い出してみると、私は、紀州の若様と尾張の若様が町人に化けて仲よく東海道を旅するというのんき気な映画を観たことがある。四十年くらい前の東映のチャンバラで、紀州の若様が中村錦之助（現萬屋錦之介）で、尾張の若様が中村加津雄（現嘉葎雄）だった。あれは要するに、吉宗と宗春（ひょっとすると、その兄の、吉通か、継友かも）だったはずで、だとすれば能天気なお話を作ったものだ。最後に一方が将軍様になると、一方がおめでとうございます、と喜んでいたのだから（とすると継友かな）。

いずれにしても、本当の尾張家の気分を知る人がほとんどいないからこそ、ああいう映画も生まれたのだろう。

で、その次に物語上で知る宗春は、通俗時代ドラマ「暴れん坊将軍」に、主人公の敵として出てくる悪役の宗春だ。あろうことかこの宗春は、吉宗の邪魔をするために忍者をはなったりする悪い奴なのである。

裏の情報活動を忍者を使ってよく行い、後には幕府に御庭番というスパイ団を作ったのは吉宗のほうなのに、忍者を使ってこそこそする、という役まわりを宗春に押しつけている。一度悪役にされてしまうと、悪いことはすべて押しつけられるわけだ。

とまあ、記憶をさぐってみても、私の宗春に対する知識はそれぐらいしかなかった。もちろん歴史研究家は知っていたでしょうが、一般の名古屋人はそんな程度だったと思う。

名古屋人が尾張の殿様のことを知らないのには理由があると書いた。どうもそれは、宗春のせいであるらしい。

宗春は、時の将軍にまっこうから反逆するような政治を行い、ついに将軍に蟄居《ちっきょ》謹慎という罰を受けた殿様である。そして、その大胆なチャレンジャー殿様のことを、尾張の保守的な重臣もてあまし、この殿では藩がつぶれる、とばかりに、みんなで引きずりおろした一面もある。

このことにより、尾張は謀叛の可能性のある藩だ、と幕府も思ったが、尾張では、幕府にそう疑われている、ということを強く意識し、それ以後、何もやましいことはございませーん、と謹んでばかりいる藩になった。あんなはねっかえりの殿の存在で、当藩をお疑い下されますな、ということろだ。だから、宗春が失脚するとその人についての記録をほとんど処分してしまった。

そして、十代目以降の藩主は、すべてよそからまわってきた、あてがいぶちの殿様である。それでも文句が言えないのは、当藩は疑われている、という思いからだろう。

というわけで、宗春のせいで、尾張は何も主張しない藩になってしまった。名古屋人にしても、いつもいつもよそからまわってくる殿様について、愛着もわきようがない。豊かで平和な地方だから、殿様なんか誰でもええわ、ということになって、我が主君、というような熱い思いがついに育たなかったのではないだろうか。

宗春とは、名古屋人にそういう精神性を残したとんでもない殿様だったのだ。

その宗春が、このところ、ようやく少し有名になり、脚光をあびてきたのは喜ばしいことである。

一九九五年には、徳川美術館で宗春展が行われた。そして一九九六年には、生誕三百年ということもあり、テレビドラマ化などが進んでいる。

ようやく、名古屋人はこの早すぎた天才の殿様のことを知ったのだ。知ってみればこんな面白い人物はいない。

宗春は、どうして江戸時代にそんな人が存在しえたのだろうと不思議な気がするほどに、近代的自由人である。リベラリストであり、遊び人であり、ファッション・センスがとび抜けてあった。天才でありすぎたが故に、まだ熟さぬ時代につぶされた悲運の人である。

物書きとして、私は、よくぞこういう人が埋もれていてくれたものだと、喜ばざるを得ない。自分の筆で、そういう人のことをこの世によみがえらせることができるからである。

というわけでこのエッセイ、最後は自作の宣伝のようになってしまったが、私はそういう宗春を描く『尾張春風伝』という小説に、今夢中で取り組んでいるのである。

吉良町の思い

吉良側からみた忠臣蔵、という狙いの小説が書きたくなって、愛知県にある吉良町へ行ってみた。行ってみるとそこは、とても鄙《ひな》びたところであった。

吉良から出た有名人というと、清水一学、吉良の仁吉、尾崎士郎なんてところである。しかし、やはり最も有名なのはあの吉良上野介であろう。

ただし、吉良上野介は吉良に住んでいたのではない。吉良の地は吉良氏にゆかりの地ではある。鎌倉時代に、足利の一族が吉良の地に住んで吉良氏になったのだから。

ところがその古いほうの吉良氏は室町時代の終りとともに一度滅びる。その血を継ぐ者が徳川家康に旗本としてかかえられ、お家が再興したのである。そして後に、朝廷とのつきあいのための礼法指南役とも言うべき、高家に任じられた。

所領は吉良の地である。ただし、そこに城を持つわけではない。吉良氏の禄高は四千二百石で、大名ではないから城なんかないのである。

高家職の吉良氏は、江戸に定勤した。だから自分の領地へも、そうたびたび行ってはいない。上野介義央《よしひさ》は、三十五歳になるまで吉良へ行ったことがなかった。そして生涯でも、十度ぐらいしか吉良へ行っていない。

ただし、吉良へ行けばそこの民の声に耳を傾け、領内の視察などをした。

黄金堤《こがねづつみ》という堤防が吉良町にある。これは領民が洪水で苦しんでいるときいて、上野介が指揮して一夜でできた（というのは誇張であろう）ものだそうである。そこへ行ってみると立派な碑が立っている。

そして近くに、貧弱な馬に乗った優しそうな侍の銅像がある。それが上野介だ。

上野介は帰国した時に、気取らずにそこいらの駄馬に乗って視察したので、赤馬のお殿様と呼ばれて領民に親しまれた、という話が伝わっているのだ。その話から、比較的近年その像が造られた。そしてその小型版が町内のあちこちにある。

華蔵寺《けぞうじ》と花岳寺《かがくじ》という二つの寺も見るべきポイントである。花岳寺は、室町時代までの古い吉良氏（のうちの東条吉良氏）の菩提寺で、華蔵寺は、江戸時代の高家の吉良氏の菩提寺だ。だからそこには上野介義央の墓もある。そして、その人を写した木像の納められた御影堂《みえいどう》もある。その木像は写真でしか見ることができなかったが、ふくよかで品のある、知的な風貌の像である。

富好新田《とみよししんでん》というものもある。名鉄西尾線が吉良吉田駅にさしかかろうかというあたり、窓の外には真っ平な水田が見える。田の形がはっきりと四角く、水路が見事に造られている。

それが富好新田で、上野介義央が海を干拓して造ったものなのだ。富好の富は、彼の夫人の富子の名からつけられている。そんな事業もしたのだから、なかなかの名君だと言っていいだろう。

しかし、吉良町を見てまわっているうちに、ひしひしと伝わってくる気分がある。それは、上野介は名君なんだ、という切実な訴えのようなものである。

黄金堤の碑の立派さや、赤馬の殿様の像などには、なんとかして殿様の本当の姿を知ってほしい、という思いがこもっている感じなのだ。

華蔵寺には壁に義央忌の時の俳句がいくつか、木の札に書かれてかかっていたが、そこにこんな句があるのだ。

　何事も御運と思い義央忌

それから、町が作った観光パンフレットの中には、次のような語句がある。

「お気の毒なお殿さま吉良上野介義央公」

町中が、ほんとは名君なのにい、と叫びたい気分であるかのようである。

それも当然かもしれない。忠臣蔵事件の吉良上野介といったら、日本でおそらくいちばん有名な悪役である。日本一の大悪党なのだ。

そういう人物にゆかりの地としては、言いたくてたまらないだろう。本当は名君なんだあ、と。

その思いが吉良町にはずしりと重くたれこめていた。

タクシーに乗って取材中、運転手が、来年の大河ドラマはまた忠臣蔵ですね、と言った。そこで私はきいてみた。吉良の人は絶対に忠臣蔵を見ないというのは本当ですか、と。

そういう話が伝わっているのだ。華蔵寺にかかっていた句の中にこういうのもあった。

義士伝の法度の村や義央忌

運転手はこう答えた。

「もう、そういうこともないけどね」

しかし、私の問いと彼の答との間には、実に微妙な、一・五秒ぐらいの間があったのである。

なお、今は吉良町と赤穂市は友好的に交流しているそうである。

私がきいている昭和

昭和の時代のことを、小説に書こうと思ったのだが、いかにも調べて書いたという小説にはしたくないなと思った。二・二六事件だの、盧溝橋事件だのを追っていき、時の総理大臣は誰で、軍部の指導者何某《なにがし》がどんな策をとったか、なんてことに終始するような小説のことだ。歴史小説としてはそういうのもあるが、私はもっと、その時代の普通の人間たちを書きたいと思った。普通の人間の生活や、喜びや哀しみの中から、昭和という時代を振り返るのだ。

主人公を、時代を超越した利口にしてもいけない。ついついそういうことになってしまいがちなのだが、戦前の、国がどんどん軍国化していく中で、主人公だけは、こんなやり方では戦争に負けるだろう、と思っていたりする。でも、周囲の愚かな庶民はひたすら、日本バンザイの気分でいて、主人公は苦悩する。そして時代の犠牲者として軍隊にとられる……。

そういう人もいたかもしれないが、ほとんどはそうではなかったと思う。みんな、時代の中で流され、日本は偉大なんだ、と感じていただろう。そのくせ、兵隊にとられて死ぬのはいやだと思っていたに違いない。戦前は何もかも暗かったわけではなく、ちゃんとご馳走もあり、娯楽もあり、恋愛もあったのだ。そんなことにも目を配った、人々の昭和を書きたい。

そうしたら、そのための方策はひとつしかない、と思いついた。調べた昭和史ではなくて、私がきいている昭和史を書けばいいのだ。

父にきいているではないか。昭和恐慌で資産家だった実家がつぶれ、裸一貫で名古屋へ出て働かねばならなかったことを。通信兵として満州に派遣されたことを。終戦の玉音放送をどこできいたかということを。

母からもきいている。子供の頃の楽しみが何だったかということを。戦中に軍需工場で働き、何を作らされたかということを。戦後、父とどのように出会い、結婚したかということを。

妻からも、その両親の子供時代のエピソードを、伝えきいている。妻の祖父が職業軍人だったこと。妻の父が肺に影があって軍人になれなかったこと。でもその弟は、飛行機乗りとして戦死していること。妻の母がどんな娘時代を送ったかということもきいている。

そういう、私のきいていることをもとに、昭和を物語っていけばいいのだ。そういう人々がいて、そういう生活があったのは本当のことなのだから。

そういう書き方をしたのが、『みんな家族』という小説である。

だからこの小説は、私の父と母、そして妻の父と母の、四つの最初は関係のない家族の話として始まる。四つの家族が昭和の中にどんなふうにあったか、である。

それが、戦後に、私の父と母が出会ってひとつにつながる。すぐあとに、妻の父と母が出会ってひとつになる。そしてそれぞれに子が生まれ、やがて出会って結婚する。

そういうふうに、逆ピラミッド型にひとつにまとまってくるという、珍しい大河小説ができた。普通、一族の物語を書くと、子ができて、孫が生まれてと、だんだん人数が多くなって拡大していくものなのに、私のは、四つの家族が最後にはひとつにまとまるわけで、面白いしかけだったな、と思っている。

さて、そういう小説だから、私には珍しく、かなり家族たちのことをくっきりと書いてしまった。父の青春の思いはこうだっただろう、母の青春はこうだっただろう、などと。

もちろん、話を面白くするために作ったところもあるし、架空のキャラクターも出てくる（兄にちょっとした悪役をやらせている。ごめん）わけで、すべてが実話というわけでは決してない。

でもそれにしても、四つの家族の人々のことを、きき知る限りで書いてしまったな、という気がしている。自分のことも、必要上かなり書いた。妻のことも。

戦前の時代性の中に、普通の人々はどんなふうに生きていたか。戦後はどんなふうに始まり、世の中がどう移り変ってきたか。私が子供の頃には、街に何があったか。人々は何を楽しんで生活していたか。そんなことが感じ取れる小説ができたかな、と思っている。

そして、書き終えて全編を読み返してみて、これは、亡くなっていった人たちへの弔いの小説のようでもあるな、と思った。それは読者にとってはどうでもいいことだが、作者としては、私がここにこうある背後には、こういう家族がいたのだな、という感慨がわいたのだ。

思惑通り、昭和の気配や、匂いのようなものが出ているといいのだが。

歴史で遊ぶのは面白い

小説を書いていて、時として奇跡的な思いすらわく好都合にぶつかることがある。そういう時こそ、小説の神様と偶然はち合わせしたような気がして、書くことの醍醐味を感じる。

どういうことなのかわからないかもしれないので、実例を説明しよう。

私が、大化改新のことを書かなきゃいけなくなった時のことだ。さて、どう書こうかと思案する。私のことだから、あんまりまともな歴史小説にする気はない。何かしかけのある、とんでもない話にしたいわけだ。

そこでふと、テレビのニュースを視ている話にしようか、と考える私も変人である。その事件があった頃に、テレビだけはあったことにするのだ。ほかのことは事実のままで、ただテレビだけあり。そして、暇な物書きが、一日中テレビを視て、ニュースを追いかけてコーフンするというのはどうだろう、と考えた。

現実の事件に対して、現代人である我々はそのように接している。テレビを通して刻々と新しい情報が入ってくるのを、次々にチャンネルを替えて追いかけ、臨場感の中で少しずつ細かいことを知っていくわけだ。それは何よりワクワクすることで、ずっと後になってデータを再構成して作ったドキュメンタリーよりもはるかに刺激に満ちている。

大化改新をそのように体験してしまおう、と私は思ったわけだ。そうすれば、一日中テレビを視ている暇な物書きの名は自動的に凍垂義麻呂《しみたれのよしまろ》と決まる。

さてそこで、大化改新という事件はそういう書き方が成り立つようなものだったのだろうか、ということが問題になる。アイデアを思いついた時点で、私は大化改新について詳しいことを知らないのである。誰が誰を殺したクーデターか、ということぐらいは昔学校で習って知っているが、どのように推移した事件なのかは知らない。どんな季節の事件なのかも知らなきゃ、結局何人殺されたのかも知らない。

そこのところを調べてみると、せっかく思いついたアイデアも使えない、ということになる可能性は大きい。きっかけがあったのが一年前で、騒ぎがちょっとあって、ずるずると継続して、ケリがついたのが二年後、なんていう事件だとしたら、一日中テレビを視ている、というアイデアでは書けないのだ。

私は大化改新について調べてみた。そうしたら、冒頭に述べたような奇跡を感じたのだ。

大化改新というのは、ほとんど一日でケリのついた事件だったのである。

早朝、宮中の儀式の場で蘇我入鹿《そがのいるか》が斬殺される。昼には、中大兄皇子《なかのおおえのおうじ》は飛鳥寺にこもる。一方、蘇我派の軍勢は入鹿の父、蘇我蝦夷《えみし》の館に集結する。そして、にらみあう。

夜になって、皇子側から蘇我派へ説得工作に出向く者がある。そして夜遅く、蘇我派の豪族たちは投降する。そこまでで、事件はほぼ結着を見せたのである。

その翌日に蘇我蝦夷が自殺するのだが、そのことはもう前日の夜に決まったようなものである。

なんて好都合なんだろうと、小説の神様に感謝してしまうではないか。

それだったら、まさしく一日中テレビを視ている書き方にピッタリなのである。

午前中に臨時ニュースで事件のことを知る。えーっ、と驚いてチャンネルをあちこちに替えてみたくなるところだ。

正午のニュースでいろいろわかってくる。

お昼のワイドショーはレポーターを現地にとばす。

夕方のニュースでますます緊迫感はつのってきて、NHKの報道特別番組で中臣鎌足《なかとみのかまたり》のことを少し知る。

そして、民放各局のニュース・ショーをはしごする。政界アナリストの解説をきく。

そうこうしているうちに、「新しい動きがあった模様です」ということになって、蘇我派は投降。これで一段落しましたね、となる。

最後は「トゥナイト」で、伊藤臣昌麻呂《いとうのおみまさまろ》さんの解説をきく。

たった一日、テレビばっかり視ている男を書くだけで、大化改新は書けるのだ。

考えたアイデアが、素材の事実とぴったりはまる感じがして、我ながら不思議な気がするほどだった。

そういう時ほど、物書きの幸せを感じる時はない。

大化改新を書いたその小説の題名は「大騒ぎの日」。そして、日本の歴史に題材をとった同様の小説が十四編まとまって、『偽史日本伝』という本になった。

程度に多少の差こそあれ、どれもこれもとんでもない歴史珍解釈の小説である。常識をひっくり返し、あっと驚く逆説を立て、見慣れたものを裏から見るという仕事をして、私なりの物語日本史を作ったのだ。

たとえば「おそるべき邪馬台国」という小説では、邪馬台国はどこにあったのか、という問いに対して、空前絶後前代未聞奇想天外な新説を展開している。

ここに一行でその説を書いてしまうのはもったいないのだが、ケチることもないので書く。

邪馬台国は日本中にうじゃうじゃあった。

「封じられた論争」という小説では、紫式部と清少納言が壮絶な論争をする。論争というよりは、けなしあいであり、喧嘩である。

その論争を、原文のままでは今日の人に読みにくいだろうから、現代語訳にしてある、というのが私のサービスの行き届いたところである、というのは冗談。それしか書けないというのが本当のところだ。平安時代の古文を作りあげるのはむずかしすぎるから。

「苦労判官大変記」という小説でも、とてつもないことをやった。

義経とは、いったいどういう男だったのだろう、ということに、私なりの奇天烈なアイデアを展開してみたのだ。

義経はいい男で、大いに女にモテた、という説もある。しかし、実はブ男だった、という説もあるのだ。その両方をうまく説明つけられないだろうか、と私はたくらむ。

義経については既に数々の空想譚がある。いちばん有名なのは、モンゴルへ渡ってジンギスカンになったという話で、スケールが大きくていい。そのほか、義経は実は女だった、とか、義経は二人いた、とかいろいろと楽しい空想がなされてきた。

そこで私は、これまでにないアホらしい説を立ててみた。こうである。

義経は弁慶だった。

ヘンでしょう。何を言いだしたんだこのおっさんは、と思われてしまいそうだ。正しくはこう言うべきだろうな。

弁慶は義経だった。

どう言ってもヘンだな。

でも、書いてて楽しかったですぞ。

京の五条の橋の上で、姿の美しい公達と、大男で怪人の弁慶が闘い、公達の剣が弁慶に振りおろされると、ふわりと跳びあがった弁慶が、橋の欄干にひょいとのった、というところを書きながら、ゲラゲラ笑ってしまった。

というわけで、ひとつひとつアイデアを公開してしまってはこれから読む人の楽しみを奪ってしまうからこのぐらいにしておくが、そういう私なりの突飛な歴史物語がこのほかに十編収められた『偽史日本伝』という本ができた。

邪馬台国のことから始まって、明治の欧米視察団のことまでがとりあえず語られる。

そして不思議なもので、工夫をこらして、大いにヘンテコに書いたつもりでいても、やっぱりそういう作品たちの基調に流れているのは歴史の面白さ、なのである。

歴史小説、という文学上の一ジャンルが、根強い人気を保ち、よく読まれているのは当然のことだなあ、と思った。人間は歴史を持っている唯一の動物なのだ。そして日本人は、日本の歴史をかなりよく知っているし、小説化されたものを読むのも大好きなのだ。それは日本人の基礎的教養なのだから、これからも守っていくべきなんだろうと思う。

話が固くなりそうなので、最後にもうひとつ冗談話をしよう。

今回、『偽史日本伝』の中には書かなかった珍アイデア小説のプランだ。

坂本龍馬はあの時暗殺されなかったとする。

襲われたが、かろうじて助かるのだ。偶然来ていた客人か誰かが殺されて、世間には、その死体が龍馬のものとして伝わる。

そして生き残った龍馬は、もう日本のことはええわい、という気分になってしまう。大政奉還もされたことだし、この先はうまくいくじゃろ、と思うわけだ。このまま日本におっては命がいくつあっても足らんきに、と思い、もともとわしは、世界を相手に商売したいと思っておったんじゃ、と表向きは死んだことにして、ひそかにアメリカへ渡ってしまう。

ウエスタンの時代のアメリカで、龍馬は大いに活躍し、商人としても成功を収める。

そしてその頃、面白いことに取り組んでいる兄弟と知りあう。

「なんと、おまんらは、空を飛ぶ機械を作ろうとしちゅうかいよ。まっこと、たまげた話だぜよ」

ライト兄弟である。龍馬は兄弟が気に入り、資金を提供してやる。ただし、その時つけた条件が、

「いよいよ飛ぶ時には、わしを最初にのっけてもらうきに」

というもの。

かくして、史上最初に飛行機で空を飛んだ人物は坂本龍馬だった、というあきれた話になるのである。

その小説の題名は「龍馬がとぶ」。

しかし、結局この小説は誕生しなかった。

なぜかというと、調べてみたらライト兄弟が飛行機を発明するのは、龍馬が暗殺された年の三十六年後なのだ。そこまで引っぱるのは無理というものであろう。アイデアと、事実とがうまく合わなかった例というわけだ。そうそう小説の神様がほほえんでくれるわけではない、という話でもある。

しかし、私は『偽史日本伝』の中で、もっと奇想天外な方法で龍馬を暗殺から救っています。読めば、きっとびっくりしてもらえると思う。

歴史で遊ぶのは面白いのだ。

列車の中で

短編小説をたくさん書くので、いつどこでそのアイデアをひねり出すのか、という質問をされることがよくある。日頃どういう生活をしているのか、ときかれることもある。

その質問をする人は、私が日常生活の中で社会のさまざまなことに注意を向け、情報収集し、実体験を積み、研究を重ねていると想像しているらしい。そして、何か小説のアイデアにならないかと絶えず考え、頭の中であれやこれやの現象についての思いをひねくりまわしているんだろうな、と。

まったく違うのだ。そういう努力はほとんどしていない。

私はどちらかというと出無精で、面倒なことが苦手で、人づきあいもうまくない。だから積極的に情報収集なんてしやしないのである。することといえば、新聞を読み、週刊誌を読み、テレビを視るだけである。普通の人と同じことをしているだけだ。そんな普通の生活の中から、なんとなく世の中に対して感想を持っている。

小説のアイデアは、妻を相手に雑談をしているような時、思いつきの冗談として出てくることが多い。アレは面白い現象だよなあ、と言った時、アレをからかってみようか、という形にアイデアが出てくるのである。ほとんどが酒を飲みながらの雑談だから、忘れてしまわないように、キーになる単語だけをメモしておく。〝映画のパンフレット〟とか、〝同窓会〟とか、〝みどりの窓口〟というようなメモが、次に一本のユーモア短編小説になるのだ。

雑談に次いで、アイデアがよく出てくるのは列車の中である。息抜きの旅行だったり、所用だったりして列車に乗る。新幹線のことが多いが、ローカル線の特急だったりすることもある。その列車の中で、ぼんやりと窓の外の光景に目を向けている。熱心に見つめるのではなく、仕事から解放されたリラックスした気分で、見るともなくながめているわけだ。そして、自然にいろんなことを考えている。

動く列車のリズム感が、頭を適度に刺激するのかもしれないが、そんな時によくアイデアを思いつくのだ。ふとしたきっかけで何かについて考えはじめ、頭の中であれこれころがしていく。面白いな、とついニヤニヤしたら、一本できたも同然である。旅行ガイドブックの余白などにキーワードをメモしておく。

たとえば、列車の中から小さな駅の、駅前の光景を見る。そこには自転車がいっぱい駐輪してあった。

ふと、あの自転車が一台もなくなる時間ってあるのかな、なんて考えはじめる。それから、駅に近い一番好都合な場所に、必ず自分の自転車を駐めるという方策はないものかな、なんて考えていく。それをするには、生活パターンがまったく逆の人とコンビを組むことだなあ、と思いつく。

その思案から、私の「黄色い自転車」という小説は生まれた。

別の旅行で、東北地方から帰る特急列車の中でアイデアが続けざまに五つも出てきたことがある。旅の感想を胸にぼんやり考えていたら、まず〝艶笑譚〟というものが浮かんできた。それをまとめた冊子なんかがあって、あれは妙なものだなあ、と思ったのだ。後に「ねぶこもち艶笑譚」という短編になった。

次に、新聞にのっている碁や将棋の観戦記というのは独自の文体のものだよなあ、という思いがわいてきた。あの文章を書きたいなと。それは後に、夫婦喧嘩を碁の観戦記のように書いた「観戦記」という作品になった。

それから、青森ではほうぼうのことを、かながしらなんて呼ぶんだものなあ、と考えているうちに（校閲の人が、その二つは姿は似ているが別の魚だと指摘してくれた。まいったね。でも、私はその思いからアイデアが生まれたという事実には変りない）、ある地方ではものの名前が独自にヘンテコで、何を言ってるんだかさっぱりわからないという内容の、「魚の名前」という作品になった。

その日は大漁で、そのほか更に二つものアイデアが出てきたのだ。

だから、出無精とはいうものの、たまには旅に出なければならないのだ。生活のリズムが違うし、リラックスしているから、思いがけないおかしなことが浮かんでくる。列車の中は特に、ぼんやりとアホらしいことを考えるのにうってつけなのである。

さっきの駅の待合室にいた高校生たちが面白かったな、というところから「待合室」という作品が生まれたり。

しかしあの町では私の吸っている銘柄のタバコがどうしても手に入らなかったなあ。JTは何を考えておるのだ、と怒っているうちに、ほしいタバコを求めて田舎町を夜っぴてうろつきまわる男を描いた「マイルド・ライト・スペシャル」なんていう作品を思いついたり。

そういうわけで、列車の窓からぼんやりと外をながめ、下らないことをあれこれ考えることが私には必要不可欠なのである。

参考資料を書く理由

歴史小説、とは言っても私の場合、そのパロディーのような作品が多いのだが、そういうものや、現代テクノロジーの最先端の事情などを扱った小説を書いた時に、末尾に参考資料一覧というものをつけることがある。

あれが実は、きらいである。

私のパロディー歴史小説など、参考資料は貧弱なものである。ほんの二、三冊の参考書を調べただけで、おかしなことを思いついてそれらしく書くだけなのだから。だからそんな貧弱な参考資料を、もったいぶって明記するのもみっともないくらいのものである。

だが時として、私はそれを書き添える。

それは決して、こんなにも調べて書いたのだから値打ちがあるのですぞ、ということをにおわせたくて書くのではない。

私がそれを書き添えるのは、ひとえに、参考にした本の著者に文句を言われたくないからである。

たとえば北畠親房《きたばたけちかふさ》がどこで『神皇正統記』を書いたのか、なんてことを調べて、そこからフィクションを作る。そのことを調べるのに多少は資料にあたる。それで、書きあがった作品には資料を明記しないとする。

そうした時、資料にした本の著者から、それは私のオリジナルな研究成果なんだが、と抗議を受けたらどうしよう、と思うのである。

その説はくっきりと私の説で、それをあたかも自分で思いついたように盗んでいるのはけしからん、と言われるのは面倒だな、と思うのだ。

資料図書から文章をそっくり写し取るわけではないから、盗作ということにはならないであろう。だけれど、アイデア（学説）の盗用になるかもしれない。だから、この本を参考にしましたとちゃんと明記しておけば文句はなかろう、と考えるのだ。

本当は私は、それも少し変だと思っている。

世の中に本となって出ているものを、お金を出して買って読んだのだから、もうその知識はこっちのものだと思うのだ。本を読んで得たものは、その瞬間から読んだ人の財産ということではないか。

とは思うのだが、無用のトラブルをさけるために、時として私は参考資料一覧というものをつける。

そうなればついつい、一応目は通したけれど参考にならなかった本まで、そこに書き加えて並べてしまう。思いのほかたくさんの本の名が並び、いかにも、研究の豊かさを誇示するような格好になってしまう。

どうも、いやである。

おっちょこちょいな読者が、すごく調べて書いているんですね、なんて言ったりして、赤面する。私は資料主義の作家ではないのに。

あれは書かないという習慣が広がってくれないかなあ、と思っている。今のところ、あれを書かないですむ方法はひとつしかないのだから。それは、あきれるほど全資料を研究して書く作家になることであり、私には無理だ。

「三番目の不幸」の幸せ

インタビューなどでよくされる質問のひとつに、いつ頃から小説家になりたいと思っていたんですか、というのがあって、いつも答に窮する。仲間を得て同人雑誌活動を始めたのは高校生の頃だし、初めて小説らしきものを書いたのは中学三年の時だったし、『次郎物語』を読んで、こういうことなら私にも書けそうだからこれをやろう、と漠然と思ったのは小学一年生の時だ。つまり、昔からひたすら小説家にあこがれていたとしか言いようがないのである。

そして、インタビューでよく出る質問にはもうひとつ、こういうのがある。幼い頃から作文はうまかったんですか。

その答はシンプルで、作文はへたでした、である。作文って、いったい何をどう書けばいいのかさっぱりわからなかったのだ。

たとえば中学三年生が、作文を書けと言われて、こんなふうには書けない。

「もう、ずいぶんと古い話でございます。その当時の関係者のほとんどが、もう亡くなっているんですからねえ」

ところがその文章は、私が中学三年の時に初めて書いた小説の冒頭の部分なのである。「眼」という題名の、怪奇ショートショートだった。

一読してわかると思うが、江戸川乱歩の短編の文章をマネて書いたものである。老人の思い出語りの文体で、世にも怪奇な物語を展開するというその手法が、初心者にもうまく小説が書けるいい手だと思ったのだ。

老人は若い頃、謎の運び屋をやった。月に一度、大病院からさる豪邸へ小さな荷物を運ぶ仕事である。その豪邸には顔色の悪い貴婦人がいた……。と、もったいぶるほどの話ではなく、ある日好奇心がおさえきれず運ぶ荷の中味を見てしまうと、ガラス瓶に入った人間の眼球だった、という内容である。貴婦人の奇病の薬として食されていたらしい、という説明がつく。

中学三年生の書く話だもの、単にでたらめで、合理的説明もつかない、ひどいものである。

でも、そういう話を、乱歩の文体で書くとムードが出そうだな、と思ったのが私のアイデアだったのだ。小説というものは、書き方で読み手をひきつけるところに秘密があるんだから、と思っていた。

だから、作文がうまいわけがない。作文とは、あったことや、自分の感想を、独特の気取った文章でひとに説明するもので、ストーリーもオチもドンデン返しもないのだ。あんなふうにいい子ぶって書けないや、と思い、ひたすら苦痛だった。

そして、自分用の小説を少しずつ書きためていった。

高校一年生の時に書いたのが、「二番目の不幸」という短編（実はショートショート）である。これは、ポーの「早すぎた埋葬」に刺激されて書いたものだった。

日本のある村で、人が死に、土葬される。ところが、土中で甦《よみがえ》ってしまうのだ。男は恐怖に戦慄する。でも、その地方が砂丘地帯だったので、バカ力を出して、棺のふたをギギギと持ちあげる。もうじき地中から脱出できそうだ。

その時、墓石屋が男の埋められている上に、どっこいしょ、と大きな墓石を置く。

死んだのが一番目の、生き返ったのが二番目の、墓石を置かれたのが三番目の不幸だ。という話で、ははは、なんとも恥ずかしい。

しかし私は、その話をガリ版で印刷して中学時代の同級生たちに配ったのだ。

その頃から私は、書きたいと思い、それを本にしたいと願い、それをひとに読ませたかったのである。

そんな人間が、どうにか小説家になることができて、我が事ながらこんなに幸せなことはない。

三度デビューした

まだ大学生だった二十歳の時に、短編小説が商業誌に載ったことがある。自分の同人雑誌に書いたガリ版印刷のその作品が、SF同人誌の元祖である「宇宙塵」に転載になり、それが「推理界」という商業誌の編集者の目にとまったのだ。まだ、沖慶介なんていうヘンテコなペンネームを使っていた時代である。

あんまり有名な雑誌ではなかったけれど、嬉しかったですね。一応本屋で売っているれっきとした小説雑誌に、自分の作品が載るんだもの。白状すると、これで小説家になれたのかしら、という錯覚さえした。もらった五千円の原稿料で、ホメロスの『イリアス／オデッセイ』を買いました。

ところが、「推理界」は私の作品が載った号を最後として、廃刊になってしまった。夢見ていた作家への道は、見事に消滅。

大学を出て、上京。サラリーマンをしながら、ひたすら作家になろうと、各種の小説雑誌の新人賞に応募しては、落選を続けていた。一方で、同人雑誌も続けていた。そのへんに関しては、なかなかねばり強いのである。

その当時、半村良さんと知りあい、弟子ということになっていた。師匠がものすごい勢いで人気作家になっていくのを、横で指をくわえて見ていたわけだ。キミも、なかなか芽が出ないね、なんて師匠に言われて、グスンと、めげていた。

ところが二十九歳の時に、朝日ソノラマから声をかけてもらい、ジュブナイルSFを書かせてあげる、と言われたのだ。ついに、私の書いた本ができるのだ。

サラリーマン生活のかたわら、必死で書いた。それがソノラマ文庫に入った『エスパー少年抹殺作戦』という作品である。これでついに作家になれたのだ、と思ったなあ。

それから三年間、私は年に二、三冊ソノラマ文庫から本を出すジュブナイル作家だった。サラリーマンを続けながらのことである。

ところが、世間的にはジュブナイルを書いているだけでは、まだ正式にデビューしたことにならないのだった。その頃ある編集者に、早く作家になれるといいですね、と言われたことがあるくらいで。

三十三歳の時、ゴーストライターをアルバイトでした縁で、CBSソニー出版の編集者と知りあい、本を出してあげましょう、と言われた。私はSF短編集を書きおろした。

それが、普通私のデビュー作ということになっている『昭和御前試合』である。我ながら、もたつきの多い人生だなあと思う。要するに私には、デビューが三回あるのだ。出たと思っては、いやまだまだ、とあちこちにひっかかってしまうわけだ。売れない演歌歌手みたいである。

というわけで、三度目の時にはそれをきっかけにしてサラリーマンをやめ、以後筆一本で生きてきてはいるのだけれど、まだなんだか本当のデビューはしていないような、妙な気分になったりする。

第二室——読書

乱歩の強靱な二面性

一九九四年が江戸川乱歩生誕百周年だというので、いろいろな形で乱歩が語られ、作品が見直された。乱歩ものの映画がいくつか作られたり、久世光彦氏の小説『一九三四年冬―乱歩』が話題になったり、乱歩作品が今もなおよく読まれたりと、話題にことかかないわけだ。

そういう動きのひとつとして、日本近代文学館が主催したその年の日本文学セミナーでも乱歩が取りあげられ、私はそこで「強靱な二面性の作家―江戸川乱歩」と題した話をした。そこで、その話をきいた人には同じことの繰り返しになってしまうのだが、その人数はそう多くないし、私もそうそう乱歩について多くを語れるわけでもないので、そこでした話をもとにこの稿を進めてみることにする。

まず、私の話はありきたりに、私の乱歩体験の紹介から始まる。乱歩を最初に知ったのは、小学校高学年の時で、ラジオで「少年探偵団」をやっていたことによるものだ。有名な〝ぼっぼっぼくらは少年探偵団〟という主題歌の、あの番組にひかれたのである。それはすぐに映画化もされ、それも楽しんだ。

そしてごく自然に、原作である『怪人二十面相』や『少年探偵団』や『虎の牙』や『青銅の魔人』などのあのシリーズを読んだ。読んでもちろんのこと、大いに楽しんだ。乱歩のあの、「ああ、なんだか危険の匂いがするではありませんか」とか「それはなんともえたいの知れぬ、いやな音でした」というような、俗だけれどもあきれるほどの名文に酔ったのだ。なんて話のうまい作家だろうと、子供だからぼんやりとだが思った。

第二の出会いは、中学二年生の時に、友人から大人向けの長編二編を収めた本を借りて読んだことである。その二編というのが『三角館の恐怖』と『闇に蠢く』で、『三角館…』のほうはともかく、『闇に蠢く』にぶっとばされた。妖艶な女が出てきたり、温泉宿の女湯を覗いたり、人肉を喰ったりする話で、言葉にしてしまえばどうってことはないが、乱歩ならではの妖しい禁断のエロスに満ちた怪作なのである。世の中にはこんなことを書いた小説もあるのかとショックを受け、しばらくは目もうつろだったと思う。すごくゾクゾクしてしまうのだが、それはひとに知られてはならないゾクゾクだと思った。これは秘密の小説だ、と思った。

その次に、中学三年生の時、友人の中に乱歩の大人向け正統派ミステリを読んでいる奴がいて、そいつの影響で『心理試験』や『二銭銅貨』や『D坂の殺人事件』などに触れていった。そしてそれらの中でも『屋根裏の散歩者』や『人間椅子』や『鏡地獄』や『陰獣』といった、ヘンテコでタブーの味わいのある作品には大いにひかれたのである。大学生になる頃までには、ほとんど乱歩の全作品を大いに楽しんで読んでいた。

結局のところ、私は乱歩の小説から、ひとつにはごくまともに〝ミステリの楽しさ〟を教わり、もうひとつとしては〝禁断のエロスのどろどろした味わい〟を楽しんだと言えるだろう。

ところで、そういう乱歩作品を私が読んで楽しんでいたのは、昭和三十五年から四十五年にかけての頃である。そして、あとで調べてみてあっと驚くのは、それらの乱歩作品が実は、ほとんど戦前のものだということである。

処女作『二銭銅貨』が大正十二年の作。

『D坂の殺人事件』『心理試験』『人間椅子』『屋根裏の散歩者』が大正十四年。

『パノラマ島奇談』『一寸法師』が大正十五年。

『陰獣』が昭和三年。

『芋虫』『孤島の鬼』『押絵と旅する男』が昭和四年。

『黒蜥蜴』が昭和九年。

『怪人二十面相』が昭和十一年。

『少年探偵団』が昭和十二年。

つまり、江戸川乱歩という作家はほとんど戦前で終っているのである。戦後には、少年探偵シリーズをいくつかと、ごくすこしの短編ミステリを書いただけで、作家活動はほぼ休止していたと言ってもいいくらいだ。

それなのに、思春期の頃の私が読んで、乱歩の小説が昔の小説だとは全く感じられなかった。戦前の小説なんて、子供が読めばひどく古めかしく感じられそうなものなのに、私はそれを今の小説として読むことができたのである。

その原因はもっぱら、文章がうまくてしっかりと生きているからであろう。乱歩が今でも多くの人に読まれるのはそのせいである。

驚いた作家である。私は乱歩の俗っぽい名文におそらくかなりの影響を受けている。

戦後の乱歩は、推理小説界の重鎮として存在していた。日本探偵作家クラブの会長であり、日本推理作家協会の理事長であり、「宝石」の編集責任者であり、江戸川乱歩賞の設立者であり、海外名作ミステリの紹介者であり、超一流のミステリ評論家であった。ほとんど一人で日本のミステリ界を育てて、リードしていたのである。

そんなところに、私は乱歩の二面性を感じるのだ。

中島河太郎氏が、乱歩の作品を三つのグループに分けている。その三つとは、

①純粋理智の文学（いわゆる本格もの）

②浪漫怪奇の文学（変格もの、エロスもの）

③通俗長編

この、①と②の両方が書けているのが、乱歩の二面性だと思う。乱歩というとつい多くの人が、あの禁断のエロスの、ヘンテコな、ゆがんだ幻想趣味作品を思い出すのだが、一方で乱歩は本格推理ものをすごく愛し、自分もそれを書いているのである。乱歩の中に、主智主義的な、合理精神の、ミステリの名トリックを愛する陽の気質があるのだろう。その部分の乱歩は論理の人である。たくましく健全な人である。

ところが一方で乱歩は、『パノラマ島奇談』を書くのである。乱歩の陰の趣味、とでも言おうか。

鏡だとか、レンズだとか、パノラマとか、人形、道化師、変装、覗き見、迷路、夢、幻想などにどんどん傾斜していく趣味。この世ならぬヘンテコな、ゆがんだ、どろどろしたものを一方の乱歩は愛し、ゾクゾクする奇妙な文学を生み出していった。

作品的にも、そういう二面性があるのだ。

ついでに私の考えをのべておくと、中島河太郎氏のいう③の通俗長編は、乱歩の陰の趣味を、陽の気質であるところの、図々しい親分気質でズケズケと書ききってしまったものだという気がする。少年ものもその点は同じであろう。

作家乱歩は、二面性を持った人であった。

そして私が思うに、性格的にも、生活的にも、乱歩はそういう二面性を持っていたのである。

つまり、一方には健全で、陽の気質の乱歩がいる。それはたとえば、作家になる前には有能な勤め人であったこと。意欲的に事業を始めて、少し成功し、結局失敗したりしたこと。失敗すればたくましく夜鳴きそば屋をやってしまうということ。そういう生活的なたくましさに現れている。

乱歩は作家としてデビューすると同時に、生活を安定させようと考えて下宿屋を開業している。数年後に、これは下宿人とのトラブルがあったりしてつぶれるのだが、それにしても、下宿屋を経営しながら作家をするというような世間的たくましさのあるモノ書きはほかにはまず見当たらない。

それからまた、乱歩が自分の作品や、その広告や、書評や、その他もろもろを、実にマメに集めて、『貼雑年譜《はりまぜ》』にまとめていることは有名だが、要するに、事務能力があるのである。そういう点では決して天才肌の奇人なんかではなく、しっかりした人なのである。

その能力が、戦時中には乱歩を町会の副会長にし、翼賛壮年団の事務長にしたのだ。近所の婦人たちを集めてバケツリレーを指揮したりして、見事な町内のリーダー役を勤めてしまう。乱歩の陽の気質、つまりそれは世俗的親分気質とも言えるのだが、それが出ているエピソードであろう。

そして戦後には、乱歩はその気質と能力を、日本のミステリ界をリードし、育てるために使って、ミステリ界の重鎮の役をこれ以上はないほどにはたしたのである。

そういう、たくましい親分の乱歩が一方にいた。

なのにもう一方には、人嫌いで、何度も自分の小説に幻滅を感じて断筆して、逃げるようにホテルにとじこもったり、あちこちを放浪したりする弱気の乱歩がいるのだ。休筆を三、四回し、精神衰弱で転居し、絶望して隠栖したりする、まるで弱気の乱歩が一方にいる。

あたかも、ものすごい劣等感を内に隠し持っていたかのようである。

私には、親分気質の人が内に隠し持っていた劣等感が、乱歩の二面性の正体ではないかという気がする。

乱歩の生い立ちのすべてや、心の中の秘事までを知っているわけではないから、その人の劣等感がどこから来るかまでは私も指摘できない。あんな偉大な人に劣等感があっただなんて、とんだ言いがかりだという意見もあるだろう。

しかし、私は乱歩の趣味に、人間に対する強いこだわりを感じ取るのである。乱歩の幻想趣味の中で、覗き見というものがひとつ大きな柱になっていることには異論がないであろう。『屋根裏の散歩者』はまさに覗き小説である。そして、レンズ、鏡といったものへの愛好は、からくりによって当方だけが見る、ということへの憧れである。はたまた、乱歩は変装が大好きで、二十面相はまさしくそのことの達人だが、変装にひかれるのも、道化師や人形に魅せられるのも、それらが自分の正体を相手にさらすことなく、自分だけ見ている、ということへの羨望ではないだろうか。

つまり、覗き見趣味である。

ここから、乱歩が真の人間嫌いなのではないということが言える。人間が嫌いなら、見やしないだろうから。他人を無視して自分だけにとじこもっていればいい。乱歩は他人を見るのである。それでいて、自分は見られたくないのである。これが、覗き見ということだ。

覗き見とは、参加しない参加である。自分をさらけることには、何かの劣等感故に耐えきれなくて、でも人間が好きで覗き見ないではいられない。そうやって見たものに、ゾクゾクと幻惑させられる。

これが、乱歩のあの禁断のヘンテコ小説を生み出している精神構造であるように私には思えるのである。

乱歩は自分の巨大な欲望を、ねじくれて満たす趣味から、ああいう作品を生んだのではないだろうか。

ただし、ここであわてて言いそえておくが、乱歩はそういうことを文学上でしたのである。決して個人としての彼が、病的な、特殊な奇人だったということではない。言いかえれば、その趣味から乱歩はミステリや、幻想の文学に進んだのであり、そういう文学に進んだからこそ、作者本人は堂々たる親分肌の健全な人でいられたのだ。

乱歩のことを、あんな小説を書いたのだから、とんでもなく変な、病的な人だったのだろう、と思っては大間違いなのである。乱歩本人は、すごく健全な、しっかりと生活能力を持った、頼もしいおじさんだった。

そういう意味で、私は江戸川乱歩を強靭な二面性の作家だったと思うのである。

よそんちのパロディーのもどかしさ

多くの読者にとって、『ウンベルト・エーコの文体練習』という本は、少々複雑な読後感をもたらすものだろう。なぜならその本は、帯についているコピーによれば、〝爆笑パロディー集〟であり、〝抱腹絶倒のパロディー、パスティーシュ集〟らしいのだが、読んでみて爆笑できないのだ。とてものこと、腹をかかえてころげまわって笑う、というわけにはいかないのである。

この本を読んでそんなふうに笑っている人をもし見かければ、私はその人を尊敬する。なぜなら、この本を読んで爆笑するには、イタリア及びイタリア文化についての並外れた教養がなければならないのだ。たとえばこの私は、せいぜいニヤニヤするぐらいが関の山で、とてものこと抱腹絶倒というわけにはいかなかった。

ただしそれは、多くの日本人読者にあまり知性がない、ということではない。知性があろうがなかろうが、この本がイタリア人のエーコの書いた文学パロディーであり、それをイタリア語から翻訳したものである限り、日本人読者には笑いのポイントがわかりにくいのだ。

翻訳が悪いと言うのではない。むしろ、これだけの難物を大変うまく訳していると思う。

だが、ものがパロディー、パスティーシュであるだけに、どうしても翻訳では伝わらないところがあるのだ。

そのことは、エーコ自身も心配している。自身で序文を添えてその中で、「ものが文学的パロディーだけに、その翻訳はいつもわたしには気掛かりだった。文学パロディーにおいては、ある特定の作家の主題やその文体をめぐる記述と、同時にそのパロディーをつくる人間の世界に関する言及とがなされるからだ。ある言語にそしてある異なる文化へ翻訳することによって、これらの言及は消えてしまいかねない」と述べている。

つまり、異なる文化を持つ世界へ伝えられた時、もともとの文化の中で持っていた破壊力は消えてしまうことがあるのだ。特にそれがユーモアであり、パロディーであった時に、本来のパワーが伝達されることは非常にむずかしい。

決して難解ではないコメディアンのギャグですら、外国のそれを見て笑うことはなかなかないのである。逆に、外国人がその国の言葉の文字スーパー入りで日本の漫才を見てもあまり笑わないであろう。土台になっている文化が違うから、どこがどう面白いのか伝わらないのである。

ましてやここでエーコがやっていることは、ナボコフのパロディー、ロブ・グリエのパロディー、T・S・エリオットのパロディーによるところのマンゾーニの「いいなづけ」の誤読、レヴィ・ストロースのパロディーによるところのミラノ人への珍解釈というような、すごく知的なことである。おいそれと伝わってたまるか、というぐらいのものである。

いや、知的な笑いだから伝わらないというのではない。私が思うには、日本の読書家というのはむしろ知的な話題を大いに好み、そういう笑いを愛好している。

ただし、知的な笑いが正しく伝わるためには、もともとの国の文化がわかっていないと苦しいところがあるのだ。

たとえば先にあげたレヴィ・ストロースのパロディーによるミラノ人への珍解釈というのは「ポー川流域社会における工業と性的抑圧」という作品だが、これはたとえば、以前景山民夫さんが私に冗談で言った「すがき屋のラーメン（名古屋にあるチェーン店の独特な味のラーメン）が名古屋の青少年の発達過程に於ける心理に与えた影響」という論文を、本当に大真面目に書いたようなタイプの作品である。しかもその文体を、梅原猛氏のパスティーシュでやったら笑えるぞ、というようなものだ。

その時、それを読む日本人は、名古屋、ときいただけでニヤニヤ笑いだすのだ。あそこのラーメンか、と思うだけで笑えるのは、名古屋を知っているからである。そういう文化の中にいるからである。

ところが、本来それと同じ構造でできている冗談であるはずなのに、「ポー川流域社会における工業と性的抑圧」ですぐにはニヤニヤできないのは、ミラノというのがイタリア人にとってどんな都市なのかこちらは知らないからである。「ミラノ原住民の一日は基本的な太陽律に則って展開する」というジョーク(朝になると起きて活動を始めるというあたり前のことを、文化人類学者風に語る)はどうにかわかるとして、ミラノを知っていればきっともっと笑えるのだろう。

そういう意味で、これはなかなかくやしい本なのだ。イタリア人ならもっと楽しめるんだろうな、という気がするからである。

先の作品で、ミラノ人が日曜日になるとディオニソス的儀式の中で人肉をむさぼり食うとあるのだが、たとえばこれが何のことを冗談でそんなふうに言っているのかよくわからないのだ。多分、サッカー見物に熱狂することなんだろう、と思うが自信がない。そんなふうに、この本はもどかしい。

ただし、爆笑はできないのだが、この本の中でエーコがやっている数々のパロディーのアイデアには敬服する。特に私がギャフンとなったのは、イタリアの紙幣を書物と見て書評するという離れ業と、縮尺1/1の帝国の地図について大真面目に論考する作品である。

1/1の地図を帝国の上に広げると帝国はおおわれてしまうから太陽の光が当たらなくなり、「その結果、領土自体の生態系のバランスに変化が生じ、地図は実際とは異なる……」なんてことを真面目に論じるアホらしさはものすごい。

それから、私が一番笑ったのは「あなたも映画を作ってみませんか」という作品で、この中でたとえば〝アントニオーニのための合成シナリオ〟は「とある広がり、荒寥としている。かの女は遠ざかってゆく」というもの。そしてこの中の、とある、は、二つの、でも、三つの、でも、無数の、でも、網目のような、でも、迷宮のような、でもいいと言うのだ。そういう、取り替え用のバージョンが並べてあるのだ。広がり、は、島でも、都市でも、油田でも、その他何でもでもいいと。で、たちまち一万五千七百五十一本の異なる映画ができるというのである。

むちゃな冗談である。しかし、いろんな映画監督用のそういうパーツのバージョンが、実はいかにもその監督の作る映画っぽくて笑えるのである。この手は私がやりたかったなあ。

そう、それが私の一番言いたかったことだ。

つまり、知性で笑うこの種のタイプの作品は、異文化の中に暮らす人にはなかなか伝わりにくい。だから、この本を読んで刺激を受けた日本の作家が、大いに自国用のこういうパロディーを創作し、提供すればいいのだ。

及ばずながらその中の一人に加えてもらいたいものだと思っている。

なんとなく私と似ている

浅倉久志さんが、コーリイ・フォードという一九五〇年代にアメリカで活躍したユーモア作家を日本へ紹介してくれなかったら、私の現在の仕事はもう少し違ったものになっていたかもしれない。

『ユーモア・スケッチ傑作展』というアンソロジーに入っているフォードの短編を読んで、私はなるほどこういう知的な、ものの見方をずらしたユーモアがあるのだと思い、私もやってみよう、と計画したのだ。

そのフォードの短編ばかりをまとめた一冊がようやくまとまった。それがこの本『わたしを見かけませんでしたか?』(一九九七年、早川書房刊)である。

いくつか既に読んでいるものもあるが、フォードだけの一冊はやっぱりうれしい。

フォードの作風を簡単に説明すれば、日常生活のスケッチのようなふりをして、写真の撮り方や、ダイエット法や、バーベキューの楽しみ方などを皮肉にからかっている、ということになるのだろうが、いやいやそれだけではない。

フォードの軽い口調の裏には、とてつもなくシニカルな毒がある。なのに人間を全肯定しているあたたかみもある。

「あなたの年齢当てます」を読めばすべての中年男は自分のことを言われているように感じ、苦笑いを浮かべるだろう。そして人間ってものがいとおしくなってくるはずだ。

私は私で独自な作風も開拓しており、なにも、この人のマネをした、なんて言う必要はないのである。しかし、フォードの「あなたの年齢当てます」を読んだから、私の「靄《もや》の中の終章」という作品ができたのは本当のことだ。

私は自分の独自のアイデアだと思って「瘠せる方法」なんていう作品を書いた。そしたらフォードに「死んでもダイエット」があった。

なんとなく発想が似ているのだ。フォードはパロディーの達人でもあったそうである。作家として、私の伯父さんにあたるような人だなあと親しみを感じてしまう。

『魔の山』

世界文学全集、なんてものの中には、とてつもなく長い小説があって、こんなの一生のうちに読めるんだろうか、と弱気になるくらいだ。私は、そういう大作には何度も蹴散らされていて、『戦争と平和』も『ジャン・クリストフ』も読んでない。体力で負けてしまうような気がする。

ところが、その私が『魔の山』は読んでいるのだ。大学の三年生から四年生にかけての頃、十ヵ月かけて読んだ。なぜそこまでわかるのかというと、その頃書いていたノートが手元にあって、そこにそういう記録がしてあるのだ。

十ヵ月間ずっと読んでいたわけではなく、ちょっと読んではまたしばらくほうっておく、というような読み方をしたらしい。そして私はそのノートに、うまくできた小説というのは、そんな読み方をしても頭の中で話がつながっていくんだなあ、と書いている。ゆったりと大河のように流れる物語で、すぐにその世界に引き戻される、ということだろう。

『魔の山』は、トーマス・マンのそういう小説である。一種の教養小説（主人公が物語の中で様々な体験を通して成長していく小説のこと）と言っていいだろう。ハンス・カストルプという名の青年が、胸に軽い病を持ち、山岳地帯にあるサナトリウムで生活をするのだ。つまり、俗世を離れて、純粋に思考的になれる世界へ来たのだ。それが、魔の山である。そしてそこには、様々な人間がいる。押しつけがましいヒューマニストや、冷厳な個人主義者や、俗物や、高貴な婦人や、美しい娘など。ひまでしょうがないサナトリウムだから、そういう人々と大いに議論をし、美女には心うばわれ、ハンスは少しずつ成長していくのだ。

つまりこの物語は、青年が世界と出会い、思想にぶつかり、だんだんに人間として目覚めていくという内容なのだ。

でも、理屈ばかりではない。純粋な青年が、周りのドラマチックな人物にふりまわされながらボーッと成長するという感じで、ユーモラスですらある。

大学生だった私は、こんな感想をノートに書きつけている。

「ハンスは単純な青年として当然の欲求から、知的好奇心を持っている人物であり、きかされる知的会話に知的興奮を感じているにすぎない。そしてトーマス・マンは『雪』の章で、そんなハンスの生き方を肯定している。ここにこの小説の価値があるのだ。ぼくにとっては、ひとにひけらかす形での知性ではなく、そういう単純な知性があっていいではないかという課題として受け止められた。つまり、邪心のない知的好奇心への啓蒙の書であった」

どうです。こむずかしいことを書いているでしょう。つまりこの本を読んで、私もサナトリウムに入って人生について考えたような気になったわけだ。若い頃にぜひ読むべき本だと言えるだろう。

『ドン・キホーテ』――シュールなギャグ

コメディータッチの映画などで、主人公とかその相棒とかが、ふいにカメラの方を見て、まいったね、という顔をして首をすくめる、という演出が時々ある。あれはよく考えるとすごくシュールで非現実的なことだ。映画の登場人物が、観客に直接サインを送っているわけであり、つまり彼は自分が映画の登場人物だと知っている、ということになるのだから。あれはそういう、物語のワクを破壊する不条理なギャグである。

ところがそういうシュールなギャグを最初にやったのが『ドン・キホーテ(機知に富んだ郷士ドン・キホーテ・デ・ラ・マンチャ)』なのだ。十七世紀の小説だとは信じられないくらいに新しい手法である。

『ドン・キホーテ　前編』が出版されて、大いに人々に読まれた十年後に、セルバンテスは『後編』を出版する。そして後編でのドン・キホーテは、自分の冒険を物語った本が人々に読まれていることを知っているのだ。それどころか、後編の物語の中でドン・キホーテは有名人である。実に不思議な構造ではないか。

そして、後編の五十九章以降はもっとおかしなことになるのだ。『ドン・キホーテ』の偽の後編というものが世に出て、それもかなり売れたらしいのだが、本物の後編の第五十九章で、本物のドン・キホーテはその偽の後編を読むのである。そして、ここが間違っている、などと怒っている。

そして、それまではサラゴーサへ行こうとしていたのに、偽後編の偽ドン・キホーテもサラゴーサへ行ったと知ると、そういうことなら拙者《せっしゃ》は断じてサラゴーサへは行かん、と言いだす。そうすればあっちが偽者であることが誰の目にもわかるであろう、拙者はバルセロナへ行く。

ギョッとするほど斬新な展開ではないか。物語の主人公が、物語であることを逆手にとって話を進めていくのだ。

そもそも『ドン・キホーテ』は、世にあふれる騎士道物語を撃破するために、それへのパロディーとして書かれたものである。主人公のドン・キホーテが、騎士道物語を読みすぎて頭のおかしくなった田舎の郷士だというのが、まさにそれを証明している。

パロディーとは、既存の文学に対して「否《ノン》」を投げかけることによって、新しい文学の誕生にむすびつく形式である。そして『ドン・キホーテ　後編』は、既存の騎士道物語どころか、自分の物語自体までをパロディー化していくのだ。物語であることを笑いとばす物語、というところまで行ってしまうのである。

そのせいで、ドン・キホーテとは何者なのだろう、というところに思いがけない深みが生まれてしまう。ドン・キホーテとは、物語そのものへの「否」であり、それでいて物語の主人公であり、つまりはある精神を具現化した存在だということになる。そして、精神を具現化したものとは、それはとりもなおさず人間のことに違いないのである。

『ドン・キホーテ』の新しさと永続性は、そこにあると言っていいだろう。古めかしい騎士道物語をやっているように見せておいて、ところどころで読者にむかってひょいと首をすくめて、物語なんかにまどわされちゃいけませんよ、と言ってくるのだ。なんともとてつもない物語であり、読者はドン・キホーテの中に現代人を見てしまうのである。

『聖書』――文化を読む楽しさ

ユダヤ教徒でもキリスト教徒でもない私にとって、聖書は文学作品として読むものである。ただし文学作品といっても、ある作者の手になる作品ではなく、ある民族の歴史と伝承と物語と戒律と法が渾然《こんぜん》と原始のスープのように混じっている民族文学だ。

民族ごとにそういう文学はあるだろう。日本にだって『古事記』（七一二年成立）と『日本書紀』（七二〇年成立）がある。そういうもののうちで、最もスケールが大きく、内容の豊饒なものとして聖書があるのだ。その豊饒さ故に、読んでみてとても面白い。

かつてこの地球上で、原始のタンパク質のスープから生命が誕生したように、豊饒な物語のスープからある民族の文化、大きく言えば人間の文化が浮きあがってくる。原始的であるだけにかえって人間の本質が見えてくるとも言える。こういう文学から読み取れるのは、文化そのものの面白さなのだ。

ちょっと文学的に言いすぎたかもしれない。具体的に語ろう。

たとえば、カインは弟のアベルを殺す。羊を飼うアベルの供え物は神に喜ばれたが、土を耕すカインの農作物の供え物は神に無視されたことを怒ってのことである。

それを読んで日本人である私は思う。日本の神話ならば、ここは逆になるだろうな、と。農耕民族の神話なら、神は農作物のほうを喜ぶはずだ。なるほどこれは牧畜民族の神話なのだなと、そんなところで感じるわけだ。そういうことが、文化なのである。

イスラエル（ヤコブ）の子ヨセフは、兄たちに売られてエジプトで奴隷にされる。そこで主人の妻に言い寄られて拒み、囚人にされてしまう。だが、王の夢を解読したことにより、宰相に出世する。そこへ、イスラエルの十人の子が食糧を求めてやってくる。ヨセフの兄たちだ。

この時、イスラエルが末子のベニヤミンを使いに出さなかった理由は、最も愛した妻の産んだ二人の子のうち、一人（ヨセフ）を既に失った（と彼は思っている）ので、もう一人は失いたくないと考えてのことである。つまり、父の中に、我が子に対する愛の微妙な差があるのだ。

ヨセフは兄たちを見て（兄たちはヨセフに気がつかない）、ベニヤミンをつれてこいと言う。ヨセフも、母を同じくする弟に再会したいと願うのだ。

　この、父を同じくする兄弟たちに、そんな微妙な愛の濃淡があるせいで、物語が複雑になり、波瀾に富んでいて面白いのだが、これもまた人間らしいなりゆきである。そんな愛の濃淡も文化である。

　モーセによる出エジプトにしても、エジプトを出てからの苦労やゴタゴタが思いのほかたっぷりとある。セシル・B・デミルの映画「十戒」（一九五六年、アメリカ映画）のようにすんなりとは終わらない。

　おそらく、あの民族の人々があ あいう大移住をしたことが実際にあったのだと思う。だから、神に導かれて約束の地へすんなりと行けた、というわけにはいかないのだ。先住民と戦争したり、取り引きしたり、追い払われたりしただろう。仲間の中に落伍者や裏切者も出ただろう。それで展開が複雑になる。

　そう思って、現在のあのあたりの民族の対立を思い出すと、ある種の感慨を抱かずにはいられない。聖書の中の話がまだ続いているのだ、という気がする。そんなふうに聖書からは文化が読めてしまうのである。

ガリバーが一番

「これほどふざけた本はそうないですよ。笑えます。おすすめです」

と言って、親しい編集者が送ってくれたのが『超哲学者マンソンジュ氏』（マルカム・ブラドベリ著、柴田元幸訳、平凡社刊）だった。なるほど、冗談もほどほどにしてくれ、と言いたくなるような力作である。奇書には違いない。

自分で興味をひかれて買ったのが『完全な真空』（スタニスワフ・レム著、沼野充義・工藤幸雄・長谷見一雄訳、国書刊行会刊）だ。実在しない本への書評集という、非常に面白い試みの本である。

『香水』（パトリック・ジュースキント著、池内紀訳、文藝春秋刊）も、ひとにすすめられたんだった。奇妙な鼻男の物語であった。

もっと昔の話をするならば、『ユーモア・スケッチ傑作展』（1から3まである。浅倉久志編・訳のアメリカン・ユーモア短編集で作者は多数。早川書房刊）は忘れられない本だ。その第一集から私は、実に数多くのアイデアを使わせてもらっている。小説を書くのに、こういう手もあったのか、とショックと共に教えられたのだ。その本の中の、「男だけの世界」（後に「あなたの年齢当てます」と改題された）という短編と、私の「靄の中の終章」という作品を読みくらべれば、アイデアをどう盗んでいるのかがよくわかるだろう。

大学生の時に読んで、ぶっとばされるほどびっくりしたのがフレドリック・ブラウンの『まっ白な嘘』の巻末に収録されている短編「うしろを見るな」だった。そのミステリでは、読者が被害者だったのである。よくそういうことを思いつくものだと感心すると同時に、私は自分がアメリカ人でないことを残念がった。さすがに、日本で翻訳されたその短編を読むのでは、オチの利きが鈍るからである。

大学生の時に、うむ、これは奇書だ、と思ったのはスターンの『紳士トリストラム・シャンディの生涯と意見』だった。いきなり真っ黒のページがあったり、第三巻の二十章に「作者序」が出てきたりという、とてつもない本なのである。

とまあ、これまでに接したいろいろの奇書を語ってみたが、奇想小説と言われて、やっぱりこれが一番だなあと思わざるを得ないのは、ジョナサン・スウィフトの『ガリバー旅行記』だ。

子供が、やさしく訳した子供版で読んでもなんてふしぎな話なんだろう、と、わくわくできて、大人が、あらためて全訳を読んでももう一度、その奇書ぶりにうーんとうなってしまうのが『ガリバー旅行記』である。小人国や大人国ぐらいなら、なるほど皮肉がきいているなあと読んでいけるが、だんだんに、おそろしいまでの奔放さで目がチカチカしてくる。頭が痛くなって、なんだかいやーな気分になってくる。人間嫌いというコンセプトで、よくぞまあここまで書けたものだと思う。

この本が奇書中の奇書なのは当然で、これを書いたスウィフトは狂ってしまったのだぞ。

『タイム・マシン』

時間をとびこえて過去や未来へ旅をするという空想は古くからあったし、その内容の幻想譚もいくつか書かれている。しかし、まがりなりにもその方法を科学的に論じ、時間旅行をする機械を考案した点において、ウエルズが一八九五年に発表した『タイム・マシン』は画期的な小説である。今では一般名称のようになってしまっているタイム・マシンは、ウエルズが作った言葉なのである。

この小説があったればこそ、私たちは数々の時間旅行SFを読めるのだし、「バック・トゥ・ザ・フューチャー」を楽しめるのだし、真面目な一面としては、歴史観に新しい視点がもたらされたのである。

そういう作品が、いつでも手に入る文庫本の形で出ているのは、大変うれしいことである。岩波文庫版のこの本にはそのほか九編のSF的短編が収録されていて、どれもとても面白い。私の好きな「新加速剤」も入っている。

この文庫には入っていないが、ウエルズにはこのほかに『透明人間』があり、『宇宙戦争』があり、一人でSFの基本テーマをほとんど考案してしまっているのだ。驚くべき人である。しかも彼はSF以外にも、文明批評などの分野で巨大なのである。

『タイム・マシン』に話を戻すと、これは文明の退歩をテーマにしたやや辛口の物語である。今から八十万年後の世界へ行ってみると、人類は文明の恩恵を受けすぎて知能も体力も退化したただ美しいだけの一派と、地下で働いて青白い獣のようになってしまった一派に分かれている。進歩の究極をゾッとするようなイメージで表現している。

さらに、ウエルズは三千万年後の地球の終末の光景までを描く。その想像力は少しも古びていないのである。

『地獄』

バルビュスの『地獄』を手に入れて読んだのは高校三年生の時だったか。その小説のことを知ったのは、「漫画讀本」という今はなき大人のエスプリに満ちた本の、世界の好色文学百選、というような特集記事によってである。その特集のおかげで私は『ファニー・ヒル』や『バルカン戦争』や『カザノヴァ回想録』のような書のことを知ったのであり、思えば昔はそういう重要な教養をもたらしてくれる雑誌があって、よかった。

そういった裏側の文学もまた、青年が一度は体験しておくべき貴重な文化だからである。大学生の頃の私は、一方でトーマス・マンも読むけれど、『ファニー・ヒル』や『バルカン戦争』や、サドやアポリネールなども一通り読んだのである。

さて、『地獄』である。

これは、もともとは、赤裸々な人間の真実に迫ったある種の実験的小説である。人間の愚かさと醜さを描き出した絶望の文学と言ってもいいかもしれない。

ある青年が、下宿の壁にある穴から、隣室をのぞく小説なのだ。そして真実の人間の姿をあからさまに見てしまう。

というわけで、実はのぞき見る隣室の光景には、つまらない諍《いさか》いや、愚かなふるまい、が多い。そんなことがやけにくどくどと、書かれているのだ。

だが、その中に、情事をのぞくというシーンもある。そしてそこが、若い私としては頭がクラクラするほど刺激的だったのだ。今読み返したらキョトンとしてしまうほどなんでもないのだろうが。

一九〇八年に発表された『地獄』は、やはり、のぞきのエロのせいで大変な話題になった。だからこそ、好色文学百選にも入っているわけだ。

今でもあの文庫本をこっそりと読んだ時の、何かが頭の中をくすぐるような奇妙なときめきのことは忘れられない。もうそんなときめきを覚えなくなって久しいのであるが。

幻の「赤西蠣太」

読んでない本は山ほどある。本を読む習慣を持っているということは、読んでない本の、さあいったいいつ読んでくれるんだという圧迫にさいなまれて生きていくということなのだ。

ところで、どうにも気になる事情があって、志賀直哉の「赤西蠣太《あかにしかきた》」という小説をぜひ読もうと思いつつ、まだ読んでいない。

事情とはこうだ。

丸谷才一先生の文庫本に解説を頼まれて書いたところ、先生から、ぜひ食事を、とお誘いを受けた。その時が初対面で、大いに緊張しつつ、レストランでおいしい食事をいただいた。

様々の話題が出た。きみもユーモア文芸のほうで頑張っておるね、というようなお言葉をかけられ、感激したりした。

そこで、先生はふと思い出したようにこう言った。

「日本にも、志賀直哉の『赤西蠣太』があるけどねえ」

私はそれを読んでいないのだから、読んでないのですが、それはどういう話でしょう、ときくべきであった。

ところが私は、つい、なんとなくわかったような顔をして、ええ、なんて答えてしまった。

「あれはユーモア小説の名作ですねえ」

なんて先生は言う。引っこみがつかなくなって私は、はい、なんて言ってしまった。

それ以来、「赤西蠣太」がずーっとひっかかっている。丸谷先生のほめるユーモア小説だもの、読みたいではないか（ただし、私が何か話をとりちがえている可能性はある。なにせ読んでないんだから）。

私は昭和文学全集だって持っているのだが、その志賀直哉の入った巻には「赤西蠣太」は入っていないのだ。そして、その後もついつい さがしもせずに今に至っている。

ああ、幻の「赤西蠣太」よ。それはいったいどんな小説なのであろうか。それは今も手に入るのか。（岩波文庫『小僧の神様他十篇』に収録）

くわしく調べもせずにただぐじぐじと気にしているのである。

（このエッセイの発表後、「赤西蠣太」のコピーを送って下さる方が二人もいて、私はついにその幻の作品を読むことができた。よくできたユーモア小説であった）

読んで頭をかきまわす

あまり読書量の多いほうではない。特に、小説を読まない。少年時代から学生時代頃までは読書好きの人間だったのに、自分が書くようになってからはすっかり不勉強になってしまった。反省すべきことだと思う。
そういう人間の、読書日記である。

某月某日　E・スエンソンという人の書いた『江戸幕末滞在記』という本（長島要一訳、新人物往来社刊）を読む。幕末に、フランス海軍の一士官として日本に来たデンマーク人の日本記録である。この出版社は、似たように幕末や明治に日本へ来た外国人の記録を、日本見聞記シリーズとして二十冊近く出していて、私はそのうちの十冊ばかりを手に入れて読んでいる。
これは本当は職業上の秘密なのだが、その頃日本に来た外国人というものを、いずれ書く予定の小説のために調べているのである。幕末日本が外国人の目にはどう見えたのか、というところに注目している。

そしてこれは、小説のための下調べという要素がなくても、それ自体とても面白いものである。たとえばこんな文章が出てきたりして。

「日本家屋の床には一面に厚さが一インチほどの竹の皮のマット〔畳〕が敷いてあり、その清潔さ、その白さは壁や窓に劣らない。質に違いこそあれ、その大きさと形は大君の城でも日雇人の小屋でもまったく異なることがなく一定しており、ためにこのマットは長さを測る尺度として使われる。たとえば、ある部屋なり家は、長さが何マットで幅が何マットというように」

こういう記述を読むと天地がひっくり返ったような不思議な気分になる。よーく知っているこっちのことが、あっちからはどう見えるのか、ということがわかる面白さである。異文化の出会いには、こういう面白さがある。

一連のその種の本を読んでみると、何人もの人が、日本人があきれるほど煙草好きで、やたらにふかしている、と驚いていることがわかったりして、なるほど、と意外な発見をしたりする。かなり奇異なことに見えたらしいのだが、こっちにしてみれば、それが奇異だということが新鮮な驚きである。いやあ、外国人は面白い。

某月某日　江川卓氏の『謎とき「罪と罰」』（新潮社刊）を読む。思わず、ほんとかいな、と思うほどスリリングな謎ときの書である。よくできた推理小説の如きである。『罪と罰』の主人公ロジオン・ロマーノヴィチ・ラスコーリニコフが、ロシア語で頭文字を表記するとPPPになり、それを裏から見ると666で、これが聖書にある悪魔の数字666になぞらえられているなんて、あっと驚く暗号ミステリである。この本にはそんな驚くばかりの謎ときが次から次に出てくるのだ。久しぶりに、びっくりした本であった。

うーむ。この本は小説のタネになるなあ。

と言っても、野球解説者の江川卓氏が、『謎とき（あの入団の時の）罪と罰』という本を書くというような、素人がすぐ思いつきそうなアイデアではありませんよ。

なんでもない、謎なんかどこにもない小説を題材にして、この登場人物の名前にもほら作者のしかけがある、このストーリーには、聖書へのもじりが隠されている、主人公が食べる団子の数には、こういう秘密があると次々にといていく本というのはどうだろう。『謎とき「坊っちゃん」』とか、『謎とき「細雪」』なんて。

いや、そういう他人の名作を冗談にするのは叱られるかもしれないので、自分の小説でやろうか。『謎とき「蕎麦ときしめん」』なんて。謎をといていくうちに、あの小説にはプラトンの学説と、菅原道真の呪いが隠されている、なんてことが明らかになってきてもいいな。登場人物の名前はすべてコロンブスのサンタ・マリア号の乗組員の名前に由来があるのだ、というのも相当意外だぞ。

でも、私の『蕎麦ときしめん』があまりポピュラーじゃないのでダメか。惜しいアイデアだったなあ。

某月某日 まだ『IT』の上巻を読んでいる。（スティーヴン・キング著、小尾芙佐訳、文藝春秋刊）

もう三ヵ月も読んでいるのに、やっと上巻の九割ぐらいのところまで来ただけである。

と言うのは……、えーと、こんなアホなプライベート事情を書くというのも実に変なのだが、私が娯楽小説を読むのは、仕事場でトイレに入った時だけ、というルールになっているのだ。そうなっているのに特に理由はなく、その時退屈だから何か楽しい読み物でも持ちこもう、ということである。

ところが、『IT』というのは長い。めちゃめちゃ長い。A5判二段組みで六百ページもあってそれが上巻。まだ半分なのである。私の書く長編小説の十冊分は楽にある。だから三ヵ月もトイレのたびに読んで、まだ半分まで行かないのである。

私も、よくストーリーが一応わかって読んでるもんだ。

そういうわけで、私の仕事場のトイレは、私にとってこのところ血みどろの恐怖の世界である。死体はころがってるわ、怪物が襲ってくるわ、ピエロが不気味に手招きするわ、おぞまおぞまの怪奇空間である。日が落ちてからだと、どうもトイレに行きたくないような気分がする。この気分が味わえるのは約四十年ぶりである。小説の偉大さだなあ。

某月某日　世評の高い林望氏の『イギリスはおいしい』(平凡社刊)を読む。面白い。

まず、食べ物の話であるというのがいい。イギリスの文化はですね、と正面から語られるとどうしても重くなるが、誰でも気楽に読める食べ物の話であって、それでいて結局はイギリスの文化を感じさせてしまうところがうまいのだ。

そして、文章がいい。この文章には説明力があって、ということはつまり書いている人が物事を論理的に理解しているからであって、読んで気持がいい。

もちろん、この文章にはやや知的気取りのムードもあるのだが、ほどよいスパイスになっていて、嫌味ではない。我々に知らないことを教えてくれる、魅力ある書き手が出てきたなあ、と思う。

それにしても、外国について詳しくて、それを語ってくれる話者として、ようやくこういう落ちついた態度の人が出てきたわけで、それはまことに嬉しいことだと思う。

かつて多くはそうではなかったから。イギリスに詳しいとなれば、ほーら見ろイギリスは素晴らしいんだ日本はうわー最低、というような逆上の話者ばかりであった。読んでるほうとしても、うるせえや、あっち行け、という気分になってしまうのだ。

ところが、林望氏という私より二歳下の知識人は、逆上せずに平明にイギリスのことを語ってくれる。ようやくこういう世代が出てきたのだなあと、嬉しくなる。イギリスの料理が大むねマズいことを文章で見事に証明してから、でもあっちにはおいしいリンゴがある、と教えてくれるから、思わず素直に食べてみたいなあ、と思うのである。

そんな意味からも、価値ある本だった。

某月某日　夏目房之介氏の『手塚治虫はどこにいる』（筑摩書房刊）を読む。
この人も、新しいタイプの話者だなあとつくづく思う。

どう言えばいいのか、これは決して悪く言うのではないが、かつての価値観からは、どうでもいいような、と一蹴されてしまうようなことを学問にまで高めて語るわけである。すると、今までにはなかった新しい地平が見えてくる。

つまり、何万人ものカルト馬鹿の中から、こういう開拓者が出現してくるわけで、それを思うとカルト馬鹿も無意味ではないのか、なんていう気になる。豊福きこう氏の『水原勇気0勝3敗11S』（情報センター出版局刊）なんていうのも、そういう新しい世界の門をたたく本で、あきれながらも、これは一体どこへつながる流れなのだろう、などと考えてしまう。

今のところ私には、それがどういう世界へ抜けるのか読めていないのだが、新しい世代の新しい動きだと気にかけているわけだ。

読まなきゃいけない本は多い。

郷土本コーナーをさがして

地方都市をぶらぶらと旅行するのが好きだ。風光明媚な観光地や、遺跡や、テーマ・パークを見てまわるのも行楽ではあろうが、私はなんでもないその地方の中心的都市を、やたらに歩いてまるごと頭に入れるような旅行のしかたを愛好している。その土地のらしさを肌で感じ取るのが楽しいのだ。

そういう都市探訪の折に、よく、街の中の大きな書店に入ってみる。その第一目標は、郷土本をさがすためである。

郷土本コーナーが充実している書店は、二つの点でいい。ひとつは、旅行者にとって便利だからである。その土地の地理、歴史、方言、伝承、文化を研究した地味な本が、ほかでは手に入らないのにそこでだけ求められる。あの有名な作家、もしくは学者が、この地方の出身で地元ではこんなに研究されているのか、ということがわかるのも勉強になる。

もうひとついい感じなのは、郷土本コーナーが充実している書店には、自分たちの郷土に自信を持ち、愛着を感じている様子があるところだ。もちろん、あんまり地元意識が強すぎるというのも、それはある面で狭量であり、平明に社会を見られないという弊害もあるのだけれど、地元への愛がさらさらない、というのよりはよいことである。まず自分の足元にもちゃんと目配りができていることはたいせつである。

そういう意味で、郷土本コーナーがしっかりしている書店に出会うと、嬉しくなる。つい、お城の歴史なんて本を買ってしまい、旅行カバンが重くなって悲鳴をあげる。いや、郷土本コーナーへ行くのは、その土地のことを勉強するためばかりではない。その都市の、うまい店のガイドブックなどを買い、その夜どこで何を食べるかの参考にするのも重要な下調べである。それもあるから、街を歩き始めると、まず何をさておき大きな書店をさがすのである。

そして、この規模の都市に、よくぞこれほど立派な、という書店を見つけると、嬉しくなる。文化レベルの高いいい街なんだな、と好感を持つ。そういう書店に高校生や大学生がたむろしているのを見ると、立ち読みしているのはマンガや文庫本であっても、知性の基礎体力が感じられるのだ。

反対に、かなりの大都市なのに、どうもろくな書店がないな、というところは寂しい。そのことが街の顔の大きな一要素なのだ。

私の独断と偏見によれば、もともとの街の成立がお城であったことによるところ、つまり城下町では、一般に書店が立派である。宿場町や門前町や港町には、あんまり大きな書店がないような……。

というのは実は、城下町は多くの場合、その地方を代表する大学があったりして、文教地区を兼ねているからであろう。そういう観点で言えば、大学のある都市というのは、書店も立派なら、ファッション・ブティックもゲーム・センターもしゃれた喫茶店もあって、街に若者の文化が感じられる。なんとなく活気があっていいものである。

書店のことに話を戻すと、これまた独断と偏見による決めつけだが、東北地方の都市というのは書店が立派な気がする。書店だけではなく郷土資料館とか文化センターのようなものが立派で、内容が充実している。そして土地の中学生や高校生などが、とても真面目に見学している。どうも、勉強に対して真剣なムードがあるのだ。

それに対して、どこそこの都市には勉強を重んじるムードがまるでない、と、実名を出して語るのはやめておくけれども、街ごとにそういう肌合いの違いがあるのは本当のことである。それを実感するひとつのいい方法が、大きな書店をさがしてぶらりと入ってみることなのである。商品が充実していて、コーナーの設け方が利口で、キリリとしたムードのある書店を見つけると、この街になら住めるな、と私は思う。

第三室——言葉

好きな動詞「休む」

このところ仕事がたてこんでいて働きづめである上に、きのう来客があって一泊して今日帰っていったというわけで、いろいろと接待をして気疲れをした。だから本当はもう仕事をしたくない気分なのだが、締め切りなのでこの原稿を書かなければならない。

休むわけにはいかないのだ。

なんだか働きづめに働いているような気がする。もちろん本当はそんなことはなくて、少しは休んでいるのだが。毎日規則正しく睡眠をとっているし、その睡眠の前には、神経をほぐすため、と称して寝酒を飲んでいる。一週間に一日ぐらいは仕事をしない日があるし、三月に一度ぐらいは一、二泊の骨休め旅行もしている。そのように私は仕事をしないくつろぎの時間もとっているのだが、気分的には働きづめのような気がするのだ。

だから、「休む」という動詞にとても憧れている。ああ、休みたいなあ、と思いつつ仕事をしている。

休まなきゃ体をこわすよなあ、なんて思う。たまにはひと月ぐらい何もしないで休んでみたいものだ、と憧れる。大いに休んで、ちょっと働くという生活を夢見る。だが、ふわあ、ゲップが出るほど休んじゃったなあ、なんて思うことは人生の中に滅多にない。

考えてみると、「休む」というのは変な動詞である。和英辞典で「休む」にあたる英語を調べてみると、いくつもの単語が出てくるのだ。つまり、日本語の「休む」にはいろんな意味があるということである。

くたびれたからちょっと休もう、という時の「休む」は rest である。休息する、という意味だ。

そのために、今日はもう会社を休んでしまえ、と考えることがある。学校を休む、というのも同じだ。その「休む」は be absent である。欠席をする、という意味だ。

お店を経営している人ならば、会社を休むんじゃなく、店を休みにすればいい。その意味の「休む」は close で、休業する、という意味だ。

もうぶっ倒れそうだからここで少し中断しよう、という「休む」は suspend である。停止するという意味で、停戦や休戦は suspend hostility だ。

夜も遅いからもう休もう、という時の「休む」はgo to bedである。寝るってことだ。

そんなふうに、「休む」をあらわす英単語はいっぱいあるのだが、それというのも、「休む」がとても意味の広い動詞だからだ。

軍隊や学校でのかけ声で、「キヲツケ」「休メ」というのがあるが、「キヲツケ」がAttention！で、「休メ」がAt ease！なのだそうだ。「休む」の命令形だなんて、ああ素敵なことばだなあ。

そうやって、英語の数々の表現を調べていくうちに、だんだんと日本語の「休む」という動詞の意味がわかってくる。「休む」というのはどうも、力や気を、抜くことのようだ。そして「休む」は、いつも対立する概念とともにある。

目的のために、義務として行動する、ということが、「休む」の対立概念としていつも必ずあるのだ。

働く——休む

勉強する——休む

スポーツする——休む

歩く、走る、山に登る——休む

そのような行動とセットになっていない活動の停止状態を「休む」とは言わないのだ。働かずにただぶらぶらしているのは「休んでいる」のではなく、「働いていない」なのである。

廃業しちゃった店のシャッターが閉じているのは「休み」なのではなく、「つぶれている」のである。

明日起きることのない人が横たわっているのは「休んでいる」のではなく、「死んでいる」のだ。

「休む」は必ずいつも、ちゃんと業務をはたしてやっている、という事実の先にあるものだということだ。

だから、ちゃんとやってないのなら、休みたいとは思わないのである。失業中の人は仕事を休みたいとは思わず、卒業したあと学校を休みたいとは思わず、のんびりとひなたぼっこをしながら、そろそろ一服しようか、と思う人はいない。

休みたいな、と思う人は、何らかの形で働いている人に限られている。

そして、ここが重要なのだが、休みたい、というのは、働く活動を小休止したい、ということなのであって、働く活動をやめたいわけでは決してないのである。むしろ、働く活動のほうはちゃんとやっていきたい気持ちがあった上だからこそ、休みたい、という願望を持つことができるのだ。

明日は学校を休みたい、たまには会社を休みたい、と思う人は、学校を退学したい、会社に辞表を出したい、と思っている人ではない。学校や会社に今後も通いたい人だからこそ、休みたいとも思うのだ。

休みたい、とやめてしまいたいは、近いようでいてまったく違うことなのである。

私は昔サラリーマンをしていた時代に、鬱状態になってしまい、そこの社長に、もうやめます、と言ったことがある。そうしたら社長は、一ヵ月休みをやるからよく考えろ、と言って休みをくれた。休みを求めたわけではなく、そこで働くことをやめたかったのだから、まるで方向違いの提案である。でも、一ヵ月休んでいるうちに考えが変り、休みのあと私はまたその会社で働いた。

相撲取りで似たようなことになった人もいる。本人はもう引退したい、と思ったのだが、周りが引き止めたのだ。そして、来場所は休場ってことでいいから、と説得した。だから次の場所の星取表のその力士のところには、引退、とは書いてなく、ややややや……、なのだ。

「休む」というのは、あの、ややややや……なのである。

だから私は「休む」ことに憧れている。

　つまり、今の仕事は自分にあっていて、楽しいのであり、今後も続けていきたいのだ。そのためにいろいろ勉強し、時には頑張ってみることも、やぶさかではない。この仕事をしていることに満足している。

　その上で、休みたいな、と思うわけだ。仕事と良好な関係にあるからこそ、休もうと思える。

　つまり、まず前提として、仕事をちゃんとしているってだけで、喜ばしいことなのだ。そしてその幸せの上に、おまけのプレゼントのように、いくらかの休みが与えられる、ということだ。そんな素敵なことがあるだろうか。

　そういうわけで、休みというのは、そこまでよくしてもらっていいのかなあ、というような気さえする、素晴らしいものなのだ。

　だから人々は、「休む」ことに憧れる。

「休む」ためには、まず働けているわけで、そこに第一の喜びがある。

「休む」というのは「働く」という動詞の付属物なのである。

　なんとか働いて、このエッセイができた。さあ、一杯飲んで、今日はもう休もう。

私は小学生のころ、責任、ということばが大嫌いであった。これは、ちょっと神経質で私と性格の合わない女性の担任教師が、何かというと責任ということばをややヒステリックに使ったからである。学級委員の責任ですよ、ちゃんと責任をとらなきゃいけないのよ、あなたに責任があるのよ、などと。責任なんかとりたくないや、と私は思った。ぼくはその件に関しては責任ないからね、なんて考えた。

しかし、ここで注意しなければならないのは、責任ということばが嫌いだった私が、責任をとらない少年だったのかというと、実はそうではなかったということである。私は、案外、責任をとる子供だった。自分のしでかしたことから逃げだすのは卑怯なことで、やったことへのおとしまえは自分でつけなきゃインチキだと考えていた。だから、明らかに私のほうが悪くて弱い子を泣かせてしまった時には、学校の帰りにその子の家へ行ってあやまった。

つまり、責任ということばは嫌いだったが、責任を重んじる生き方は好きだったのだ。

NHKの「好きなことば」調査の結果を見て、ひとつ思うのはそういうことである。

そんなにも日本人というのは「努力」ということばが好きなのか、ということがこの調査からはわかるわけだが、これをもって、日本人は努力することが好きである、という結論を出してしまってはいけない。ここからわかるのは、そのことばが好き、ということだけである。ことばとしては「努力」が好きだが、自分の人生としては、努力しないで出世することのほうが好きかもしれないのだ。

つまり、「あなたの好きなことばは何ですか」ときかれて、六四パーセントの人がなんらかのことばを答えたのだそうだが、その人たちはどういうことを好きなことばだと思っているのか、にまで考えを及ぼさなければならない。

好きなことばを教えてくれと言われた時、ひとはどういうことを答えるものなのだろうか。

いろいろ考えられるので、思いつくことを並べてみる。

・そのものが好きだからその語が好き。

(例) 平和、幸福

・みんながそれを持っていれば世の中がよくなると思えるもの。

(例) やさしさ、思いやり

・それが私にあれば幸福になれるもの。
(例) 愛、資産
・そうありたいという目標。
(例) 誠実、健康
・くじけそうな時、それを頼りにのりきろうというよりどころ。
(例) 忍耐、努力
・人はこうあるべきだと考え、みんなに求めたい心がまえ。
(例) 誠実、真心
・ひとから言われるといい気持ちになることば。
(例) ありがとう、おはよう
・私の信念、信条のたぐい。
(例) 一期一会、一生懸命
・いちばんたいせつなもの。
(例) 家族、友情

とまあ、これは大ざっぱに考えただけだから重複しているようなところもあるが、みんな、そういういろんなことを考えてこの質問には答えるわけである。極端なことを言えば、自分の自慢できる美点を答える人もいれば、自分には欠けていると思えばこそそのことばをたいせつにしようと考える人もいるわけだ。

好きなことばは「親切」と答えておいて、その真意はひとに親切にされるのが好き、というとんでもねえやつだっているかもしれない。「好きなことば」とは、そういうものなのである。あくまで、ことばとして好きなだけだと考えなければいけない。

そして、そういういろんな考えから答えが出されているにもかかわらず、やっぱり何回調べても日本人は同じようなことばが好きなのだなあという、歴然とした結果が出るのも事実なのだ。

三回の調査で、多少は順位の上下もあるが、やはりいつでも同じような語が人気になるのである。何度調べても「努力」がトップ、というように。

「努力」類と、「誠実」「真面目」類と、あいさつ語類と、「愛」「夢」のふわふわ類などが、まあいつの世にも人気が高いのである。近年やや、ふわふわ類の人気上昇気味、というような移り変りもあることはあるが、それもそう大変化ではない。どういう根拠で好きなことばを答えているのかはよくわからないままに、とにかくある種の傾向はくっきりと出てくるのである。

そして私としては、ちょっとばかり大胆な仮説かなあと思いつつ、日本人の農耕社会の中での生き方が、これらのことばを重視する文化を作り出していて、それがこういうところになんとなく残っているのだろうかと考えるのである。別の言い方をすれば、この好みは、狩猟生活や、牧畜生活の民からは出てこないのではないか。

つまり、農耕生活は集団が力を合わせて行われる。めいめいに狩りをする生活と違って農耕は集団が協力して行うプロジェクトであるわけだ。だからこそ、集団での和が求められる。そこで、人と人との関係をなめらかなものにするあいさつも重視されるわけだ。そして、農耕は一年単位の仕事であり、大いに努力して、ねばりぬいて収穫にたどりつける仕事である。そういう忍耐も求められる。だから、努力や忍耐はたいせつだ、という考え方が出てくる。

少なくとも、個人主義では農耕生活はやっていけない。だから好きなことばの中に「自己」「自立」「個人」などは出てこないのだ。少数派の答えの中に「ゴーイング・マイウェイ」が一例あるのがやっとなのである。

要するに、好きなことばを見ていても、日本人の、みんなと同じがいちばん無難、という発想法がうかがえるのである。「愛」や「夢」は日本人でなくても好きな人の多いことばかもしれないが、「思いやり」や「やさしさ」やあいさつ語がこんなに出てくるのは、個人よりも集団の都合を重視することのあらわれであり、極めて日本人的なのではないだろうか。それは、農耕生活の中で重視されてきた文化の名残りだろうという気がするのである。今日のサラリーマン社会で、農耕生活の名残りがあるというのは奇異なようにきこえるかもしれないが、そういう精神文化というものは案外に根強くて日本人の道徳観を形成しており、ひょっとすると日本人は農耕的にビジネスをしているのかもしれないという気すら私にはするのである。

もちろん、基本的には私もそのことに文句があるわけではない。なるほど日本人とはみんなの調和ということを、こんなにもたいせつに思っているのだなあと感じ、ふう、とため息が出たりはするが、非難することではないわけだ。「思いやり」って重要なことだもんな、と思い、「個人」や「自立」や「自己」のことはあまり考えずに、やっていって下さればよいわけである。

とまあ、なんだかまじめっぽく書いてしまったのはユーモア作家の私らしくないことであった。だから最後にひとつ、冗談を言ってこの拙文をしめくくることにしよう。

中学生の頃、私がいちばん好きなことばは「姫御前《ひめごぜ》のあられもない」という語だった。なんだかもう、やたらに素敵なことばに思えたものである。

仁義と『広辞苑』

会社勤めをしていた二十代の頃には、今思うといろいろ不思議な体験をした。私の勤めていた会社は、情報サービス会社と言えばきこえがよすぎるが、企業向けの小さなシンクタンクとして、よろずお役に立ちます、という事業をしていたのだ。私はその会社で、この男はどんな文章でも書きます、というポジションにいた。

そうしたらある時、仕事を通じて面識のあったさる会社の、ある重役さんから私に呼び出しがかかった。会社にお願いするほどのことではないのだが、清水さんに手伝ってほしいことがあるんです、と言う。アルバイトとしてやってくれませんか、と。

その会社というのは、飲食業関係の、妙にうさん臭いところであった。その重役さんというのは、会話は紳士的なのだが、異様にドスがきいていて貫禄のある人だった。

そして、その人に頼まれた仕事とはこういうことだった。

実は近く、ある方面の大物の御曹子の結婚式に出てスピーチをしなければならない。だからそのスピーチの台本を作ってくれないか。

そのためにまず、本屋へ行って『広辞苑』を買って下さい。そしてこの件が終ったら、私にその『広辞苑』を下さい。

そう言ってから重役は、「いやあ、この歳で自分で『広辞苑』を買うのが恥ずかしいんですよ」と言った。

その人の話はさらに続く。

『広辞苑』で〈仁義〉ということばを引いて下さい。そしてそれをスピーチの中に取り入れて下さい。

つまり、次のようなスピーチをしたいというわけであった。

「ここで私が、若いお二人に贈りたいことばは、仁義、です。仁義というと、ついつい皆さんは、お控えなすって、手前生国と発しますは、というのを思い出してしまうかもしれませんが、このことばの本当の意味は、そういうものではありません。

『広辞苑』を引いてみますと、確かに〈博徒、職人、香具師《やし》仲間に行われた親分・子分の間の道徳および初対面の挨拶〉という意味も書いてありますが、それは説明の三つめの項目なのです。まず第一に書かれている説明はそれではありません。仁義の説明として最初に書かれているのは、〈いつくしみの心と道理にかなった方法。仁と義〉というものであります。そして二番めに、〈人の踏み行うべき道〉とあります。

私はそういう、本来の意味の仁義ということばをお二人に贈りたいのです。すなわち、新郎は新婦に対して常にいつくしみの心を持ち……」

そのほかにもいくつか注文があったが、まあそういうスピーチの元原稿を作ってくれという話であった。

私は『広辞苑』を買って、その原稿を書いてお礼をもらった。

その重役は、いわゆるその、仁義なき結婚披露宴でそのスピーチをしたのである。

面白い体験であった。

日本人は、私はちゃんと調べて正確にものを言ってるんですが、ということを伝えたい時には、『広辞苑』によりますと、と言うのである。『広辞苑』がことばに関する規範だという認識がみんなに定着しているからであろう。みんなにそう思われている『広辞苑』はその点だけをとっても大変な書物だ。

そして、『広辞苑』によりますと、という言い方は、ことばに対して正確であり、慎重であり、ちょっと知的、というムードになるのだ。なかなかインテリではないか、と尊敬されたりする。

というわけで、仁義なき方面の方々も、決めるべきところでは、その言い方で決めてみたいな、と思っているわけであった。

私はそのアルバイトのギャラで、早速自分用にも『広辞苑』を買ったのであった。もう二十五年近くも昔の体験である。

日本語は守りきれないなあ

　ある週刊誌から取材を受けた。あんまり私に似合わないテーマの取材だ。おじさんたちには、今の若者が我慢の限界を超えたひどいものに思え、ガツンと叱りつけなきゃ気がおさまらんぞ、という特集記事のための取材だった。

　その依頼を受けた時、私は念のためにこう言った。

　私はどちらかというと若い人に点が甘く、その未来に期待しているので、そちらの期待通りには叱りつけないと思うが。

　そうしたら、いろんな人から意見を集めたいのでそれでいい、という。それでも若い人に言いたいことはあるでしょうし、と。

　そこで、取材を受けたのだが、やって来た記者が二十代半ばといったところで、私から見ればまさに若者だったのが、おかしかった。

　私は思わず、「あなたにはこの取材は違和感があるんじゃないの」と言ったが、「実は、少し……」なんて言ってた。

　でもまあ、話はした。記者は、多くの人が若者のこんなところに怒ってるんですが、というのを並べたてた。

人前で男女がいちゃつく。

電車の中で、床にしゃがみこんだり、化粧したりする。

バカ丸出しのファッションに狂う。

礼儀をわきまえない。

私はこう言った。流行や風俗に対しては、怒っても無意味です。時にはヘンなことがはやることもあるけど、どうせすぐすたれるし、そう重要なことでもない。

それから、公徳心のようなものが失われ、日本人の精神文化が壊されていくような気がして腹が立つというのは、いつの世にもあることです。でも案外、根本のところでは日本人は日本人のままで、そう心配することはないんです。

たとえば若い人たちの発言をきいていると、みんなの迷惑を考えずに自分だけよけりゃいいって考えるような奴って、最低だよな、なんて言っている。約束したことは絶対守るのがまともな人間の条件じゃん、とか。

思いのほか、みんなの調和を気にしているのだ。まさしくそれが日本文化だよなあ、と思う。少なくとも、全体の中で自分をスポイルされることなく生きていきたい、と発言する若者はあまりいない。

結局のところ、髪型や服装やしゃがみこみや身勝手は大きな問題ではないのだ、若いってことはそういう愚かなものだってことだ。でも、いつまでも愚かなままではないかもしれない。いやでもほとんどの人間は成長するのだから。今の若者が成長した時、我々より優秀だという可能性はちゃんとあるのである。

だが、そんなふうに思う私にも、今の若者への苦言がないわけではない。叱りつけたいこともある。

そのひとつが、今の若者があまりにも論理的思考力をおろそかにし、霊や前世や占いやバカ心理テストを信じすぎている点だ。ＩＴ革命の担い手であるべきハイテク世代が、一方で迷信や占星術や風水の信奉者なのである。頼むから、もう少し論理的思考をしてくれよ、と思う。そういう思考からつい逃げてしまう、頭の体力のなさが情けない。きみたちが幼い頃にショックを受けた、ノストラダムスの予言はほら、ものの見事に外れていたんだから。

そうでないと、おじさん世代にバカにされるだけではすまないかもしれないよ、と言いたい。ひょっとすると十年後くらいには、次の若者世代が案外しっかりしていて、ああ、あのノストラダムス世代ってバカだから、なんて言われるのかもしれないよ。おじさん世代に文句言われるのには慣れているかもしれないけど、下の世代にバカにされるのはつらいものだよ。

もう少し、科学的思考力の方向に努力しなさいよ、と私は言いたい。

それから、世界の中の一員として生きていると認識して、最低限は世界を見なさいよ、というのも言いたい。大学生が本をあまり読まないことはもう目をつぶるから、オランダってパリにあるんだっけ、みたいなことを言う大学生ってのはやめてほしい。そこまで、ただ楽しきゃいいで生きているのかと思うと悲しくなってくる。

日本人はほんとに世界を知らないまま、経済大国をやっている。多少知っているとしても、欧米のことだけだ。海外へ行っても、リゾート地というテーマ・パークのようなところを見るだけ。大人もそうなんだけど、若い世代には少しずつ世界市民になっていってほしいと私は望んでいる。世界に目を向けないままで、国際ＩＴ時代にどこへどう進んでいくのですか、と言いたい。

だから若者には、世界人になってもらわなければ困る。フィリピンがどこにあるか知らない、なんていう娘さんにはカリカリするほどおじさんは怒っているのだ。

結局、私は若者に、思考せんかい、と怒っているのだ。若者がものを考えない国って、はてしなくどんづまりなのだから。

そんな話をして、私は次のようにまとめた。

「結局、理科と社会科をもう少し意識していろ、と言ってしまったねえ」

そして、こうつけ加えた。

「もう、国語のことはあきらめたから」

そうしたら記者がとても驚いた。清水さんが、国語はもういいって言うんですか、と。

「言葉は変っていくものなんだもの。これまでも変ってきたし、これからも変っていくんだよ。その世代間で、ちゃんとコミュニケーションがとれ、思考が組み立てられるならば、言葉が少々乱れていくのはもういい」

日本語に関心があり、今度集英社から刊行される短編小説集のタイトルが『日本語の乱れ』だというような、国語の味方の私が、もう国語はいい、と言っている。だって、それが変化していき、古いルールを知っている人間にしてみれば乱れていくばかりだというのは、くい止めようがないのだから。

現に私は、古文がすらすらとは読めない。それを書くことなど到底無理だ。乱れてしまった今の国語しか知らないからだ。

どうも言葉というのは、そういうものらしい。どうしても変っていってしまうものなのだ。そして、昔の言葉を知ってる人には、それが腹立たしくてならないのだが、いつの世にもそうだったのだ。

言葉がヘンなのは若者だけではない。近頃では、テレビの中で、ニュース原稿を読んでいるアナウンサーが、耳を疑うようなことを大いに口走っている。アドリブでしゃべるのではなく、原稿を読んでいるのだが、その原稿の段階で日本語がヘンなのである。

ここ数年で、私が気がついてメモしておいた事例には次のようなものがある。

誘拐されたかもしれない少女のことを語っていて、

「少女は三日前から雲隠れしており」

雲隠れを、姿を消している、という意味に使うのは古文なら正しい。しかし現代日本語ではこれは、逃げる、という意味に使う。

また、こんなのもあった。

「一年ぶりに休みをとった首相は、満を持してゴルフを楽しんだ」

やめてもらいたい。満を持す、とは、しっかり準備をして時を待つことだ。首相はずっとゴルフの準備ばかりしていたのか。

野球中継ではこんなことを言う。

「ヒットがたてつづけにつながりましたね」

たてつづけは、続けざまに、だから、つながっているに決まっている。ヒットがつながりましたね、でよい。たてつづけに三杯飲む、なんてのならいいのだが。

「今年もまた、山に冬が訪れる季節になりました」

なんかヘンでしょう。冬が訪れる季節、というのがおかしいのだ。下に季節とあるんだから、上に冬という季節名を持ってきてはいけない。山が雪におおわれる季節になりました、のように言ってほしい。

かと思うと、上海でロケ中の映画についてのこんなナレーション。

「中国大陸のさなかでロケ敢行中！」

さなかは、盛んに行われているその時、であって、空間的中央部の意味ではないのだ。

ところが、テレビからは、そんなヘンな日本語が大いにきこえてくる。会話中にちょっとおかしなことを言ってしまったのならともかく、原稿があって、それを読んでそう言っているのである。つまり、大人であり、プロの原稿ライターが、そういう日本語を使っているというわけだ。

テレビばかり悪く言うようだが、注意して見てみると、新聞記事にも、週刊誌の記事にもヘンな日本語はある。つまり、本来の正しい日本語がじわじわと崩れていきつつあるのだ。そうやって少しずつ、日本語は変っていくのだろう。

そういう事実が一方にあるのに、若者の言葉ばかりを叱りつけているのもおかしなことだと思う。それでちゃんと会話が成立してるならいいや、とでも思うしかないのである。

そういうわけで、国語に関しては私、うるさく言わないことにした。

私がやることは、国語に関して、楽しく言うことだ。

たとえば、日本語が乱れていくことに関しては、びっくりするほど多くの大人が、ああなげかわしい、とため息をつき、どかどかと抗議のお便りをマスコミ各社に出している。

酒の場では、大人が若者の、尻あがり半疑問文（電話？　かけたのよ、というやつ）や、無アクセント化のカ、レ、シに怒っている。

そんなにも人間は言葉の乱れが気になってたまらない、というのが、考えてみれば面白いことではないか。人間は何千年も、そのように言葉の乱れにムカつきながら生きてきたのだ。

そして、でもやっぱり言葉は変っていくのである。それはもう、日本語だけではなく、英語だってフランス語だって何だって。

そのような、人間と言葉とのおかしな関係に目をつけて楽しい読み物にしてみた作品が、今度の『日本語の乱れ』という本にまとまったかな、と思っている。もちろん私が読者に望むのは、笑ってほしい、ということのみである。

第四室——教育

有名中学国語入試問題

最近、ちょっとプロ野球に対して関心が薄れかけている私である。

もともと、熱烈なプロ野球ファンというほどではなかったのだが、つい二年ほど前まではひいきチームもあり、監督の采配が悪い、などとわめきながら、プロ野球中継をよく観ていた。いい試合の翌日にはスポーツ新聞を買って読むくらいには、プロ野球に親しんでいたのである。

それが、この頃どうも、そこまでの情熱を失っているのである。

そう言うと、ははん、このところひいきのチームの成績がパッとしないのだな、と言う人がいるかもしれない。実は、それもあるのだ。うん、それも、私がプロ野球に対してシラケてきた理由のひとつではある。私は阪神ファン的性格ではないので、応援しているチームがあまり弱いと面白くないのだ（それが普通だ）。

でも、ちょっとプロ野球にさめてしまった理由はそれだけではない。それに加えて、このところ読んだ三冊の本が関係している。

三冊とは、R・ホワイティング著『和をもって日本となす』と、ランディ・バース著『バースの日記。』と、ウォーレン・クロマティ、R・ホワイティング共著『さらばサムライ野球』である。

三冊とも、日本に来た外国人助っ人選手の書いた（またはそれらの人を取材してまとめた）日本野球の思い出の書である。

そして、この三冊には共通して、日本のプロ野球への批判が書いてある。もちろん、その長所や、楽しい思い出も書いてはあるのだが、不満と批判が中心的である。

つまり、外国人助っ人選手というのは、みんな日米のギャップに苦労し、悩まされているらしいのである。

ちょっと批判をしたり、手を抜いたり、自分のやり方を通したりすれば、すぐ、ダメ外国人呼ばわりされ、首脳陣からだけではなく、マスコミを通して日本社会そのものから非難され罵倒される。裏のないスポーツマンである彼らにとっては、かなりショックなことであるらしい。

おれは野球をやりに来たんであって、禅の思想を学びに来たわけじゃないぜ、というところだ。どうせ捕れないフライを、チンタラ追ってどこが悪いんだ。なんでそんなにガムシャラにやれって強要するんだ。一発でかいのを打ちゃいいじゃないか。

ところが日本の野球はそれでは満足せず、ホームランを打ったのに、無気力な守備のせいで罰金を払わされたりする。そんなことの積み重ねで、みんなホームシックにかかってしまうらしい。

よくわかる話である。その三冊の本は、単にプロ野球裏話的に面白いだけでなく、日米の文化ギャップを感じ取れる点で私には面白かったのだ。

そして、私はそれらを読んで、一部分同意できないところもなくはないが、おおむね、彼ら助っ人選手の言い分に賛成したのである。

たとえば、これはどの選手も口を揃えて言うことだが、日本の選手のやる（つまり日本では彼らもやらされる）練習はクレージーだ、ということなど。

彼らは言う。なんで日本では、試合の前に、一試合やったと同じくらいへたばってしまうような練習をするのだ。疲れて力が出ないに決まっているじゃないか。その日打てなかったからといって、なぜ翌日の休日をつぶして、特打ちとやらをやらされるのだ。フラフラになるだけじゃないか。

根性と精神力だけではいかんのじゃないか。

たとえばクロマティなどは、こういうことを言う。おれが夏場に強かったのは、日本人選手が全員、春以来の練習のやりすぎで夏にはヘタばっている時に、おれは（手を抜いていたから）バテてないからさ。落合が大打者なのも、マイペースでやる男だからさ。

なんでもとにかく死ぬほど頑張れ、というだけではいかんだろう。

ところが、日本では彼らの考え方は通用しない。監督に叱られ、コーチに無視され、マスコミに叩かれ、テレビでは、元プロ野球選手であるところの解説者にこう言われる。

「無気力ですね。外国人ってのはみんなそうなんですよ」

「チームの状況というものを考えていませんね。頭を使ってないんです」

「練習不足ですよ。そもそも体ができてないんですよ」

きのう大活躍しても、今日ノーヒットだとそう言われるのである。バースやクロマティのような、日本でいい成績をあげた選手でさえ、さんざんそういうことを言われたのだ。

私は、確かに日本のプロ野球人にはそういうところがあるな、と感じた。

精神力と根性で、すべて押し切ろうとする。

うさぎ跳びのような、どう考えても体に悪い運動をぶっ倒れるまでやるのが大好き。

たとえば千本ノック。百歩ゆずって、野球勘を体にしみこませるために少年の頃それをやるのは意味があるかもしれないが、プロ野球選手のやることではない。体に悪いに決まっている。

とにかくもう、血へどを吐くほど体を痛めつけて、ガッツで勝つ。そんな物語が大好きなのだ。

そこまで思った時、急に私はプロ野球がそう好きではなくなってしまったのである。ああ、あの運動部のノリなのか。高校以来、ひたすらそれでやってきた人たちが、まだあのノリでやってるのか。

じゃあ、そう好きじゃないな。

そういう気分になってしまったのだ。

私はプロ野球選手というのは、自分の優秀な技能を売って、超然とスターでいる、プロフェッショナルかと思っていたのだ。でも、本質は何事も根性だという考えの持ち主で、和の精神の信者で、軍隊（旧日本軍の）的規律が大好きな人たちだったのだ。

それだったら、そういうものには熱狂したくないなあ、と私は思った。

外国人助っ人選手の本を読んで、プロ野球への関心が薄れてしまったのである。

＊

以上は、今から書こうとしていることへの伏線である。プロ野球の話と、いったいどうつながるのだ、と思ってしまうような方向へ、ここで話が大きく変る。

国語の試験の話である。

有名私立中学の入学試験の国語の問題というものを、私はちょっと研究してみた。有名中学校とは、開成中学校と、灘中学校と、ラ・サール中学校である。それの、一九八六年から一九九一年までの六年分の問題にじっくり目を通してみたのだ。

近年、ますますそういった有名私立校へ子供を入れたがる親の願望が高まってきている、ということは、よく知られているであろう。小学生が正月も返上して塾で特訓を受けているなんてことが、ニュースに取り上げられたりもする。どうせこの学歴社会を渡っていくならば、なるべく小さい時に有利なコースにつけたほうが得なのだ、だから受験で頑張るのは、小学生の時からであるべきだ、なんていう論も耳に入ってくる。

どえらいことである。

しかし、この稿では、そういう社会風潮にモノ申すことはしない（批判はあるのだが）。

ひたすらに、そういう入学試験の、国語の問題を吟味していくのである。その他の学科の試験問題も取り上げない。小・中学校の国語の教員免許を持っている私なのだから、国語についてなら少しは何かを言えるだろう、という考えである。

まず、全体的な印象を述べよう。

第一に思うことは、むずかしいなあ、ということである。これ、本当に小学六年生にやらせる問題だろうか、という気がするくらいに難易度が高い。

たとえば、次の五つの話で、ほかとひとつ異なるものはどれですか、という問題。

1一息　2一休み　3一通り　4一回り　5一段落

というのがある。どれが違うかわかるであろうか。

1舌ざわり　2目ざわり　3手ざわり　4肌ざわり　5歯ざわり

これはまあ、大人なら、触りと障りの違いだな、とわかるだろうが、やさしくはない。

1よもや　2まさか　3さっぱり　4きっぱり　5まるで

これの正解を見ると、4のきっぱりが他とは違うというんだが、私にはどうしてそうなんだかわからない。何かその、私の知らない深遠な理由があるのであろう。

こんなむずかしい問題を、解かなくちゃそれらの中学校へは入れないのだ。おっそろしいぐらいのものである。ここにあげた例は引用しやすいように、シンプルな問題を選んだのだが、長文を読んで、その意味を考えさせたり、作者がここで言っていることに一番近いものを次の五つの中から選んだり、Aと同じ内容のことを言っているところを文中からさがして初めの五文字を書いたりという、ややこしい問題もたっぷりあるのだ。

冗談抜きで言えば、よく考えれば、ほとんどの問題に正解することはできる。私は詩歌に弱いので、その手の問題だと少したじろぐが、とりあえずできる。

でも、かなり苦しめられるというのも事実なのである。試験の会場でドキドキしながらやったら、満点はとれないかもしれない。

私は文筆業をなりわいとしているし、小・中学校の国語の教員免許を持っているぐらいで、そこでの試験問題のパターンをある程度知っているので、どうにかできるのだが、そうではない世のお父さん、お母さんがただと、かなりひどい得点になるかもしれない。それほどの問題である。

とりあえず、これができる子というのは、大したもんだよなあ、と思ってしまいそうになるところだ。

しかし、ひるがえって考えてみよう。

これらは、本当に国語の問題として、妥当なものなのだろうか。これで本当に国語の学力というものが測れるのであろうか。

また、測れるんだとしたら、そこで言う国語の学力とは何なのだろうか。それは言語能力とイコールのものなのだろうか。

そういうことを念頭に置いて、三つの中学校の試験問題を、ひとつずつ見ていこう。

*

まず、開成中学校。

九一年のここの問題は、大きくいうと一問である。長文がひとつあって、それに対して、問一から問十三までの小設問に答えるのだ。

九〇年は問題文が二つあるが、八九年はまたそれがひとつ（小設問は問十四まである）。八八年もひとつ（小設問は問十八まで）で、八七年は三問、八六年は二問。

要するに、この学校では八八年に、問題文をひとつにして、それについていろいろ問う方式を採用し、以来、一回だけを例外として、その方式できているわけである。

これは、論説文と、小説と、詩なんてものを、三つ読まされたりするのにくらべると、シンプルでよい方式である。とにかく、まずはひとつしかない問題文をじっくり読み、その内容を理解した上で、小設問に答えていけばいいのだから。

だが、そこでついつい、問題文が長くなりすぎるのである。

私は電卓を持ち出して、問題文が原稿用紙で何枚分ぐらいあるかを、ざっと計算してみた。結果は次の通り。

九一年の問題文　約十九枚。

八九年の問題文　約十五枚。

八八年の問題文　約十八枚。

四百字詰めの原稿用紙でである。これは、かなりの長さですぞ。

たとえば、この、今私が書いている原稿。これが、ここまででまだ十三枚目なのである。ここまで読んでもまだ、あと三分の一くらい残っている、そういう問題文なのである。

普通、原稿用紙一枚分の文章を読むのに約一分かかる。だから、問題文を読むだけで、五十分の試験時間のうちの、約二十分もがついやされてしまうのだ。どう考えても長すぎるのである。

一度読めばいいというものではないしね。設問ごとに、問題文に戻って考えることになるであろう。また、全体で作者が言わんとしているのはどういうことか、と問われて、あまりに長い文章なので話がどこへ行ってしまったのかわからなくなった、なんてこともあるだろう。ちょっとむちゃであるな、と私は思う。

もちろん問題文が短かすぎるのはもっと悪い。「戦争と平和」の中から、原稿用紙一枚分だけ引用してきて、主人公はどうしてこう考えたのか、ときかれたら頭に来るわな。

それよりはマシだが、小学生に原稿用紙二十枚近くも読ませるのはちょっとひどいのである。

そのほかのことを言えば、ここの設問は、文章を論理的に把握できているかどうかを問うタイプのもので、概してよくできていると言える。かなり内容がわかっていないと、思考を混乱させられるような問いだが、わかっていればすっきりと答えられる。一応、よい問題だと言えると思う。

だからこそ、問題文の長すぎが玉にキズである。八九年の、十五枚もある文章は、ノーベル賞を受賞した福井謙一氏の文章で、ファーブルのことが書かれているのだが、小学生にはかなりむずかしい文章である。ちょっとやりすぎのような気がする。

＊

灘中学校の入学試験では、国語と算数は、一日目と二日目の、二度受けなければならない。国語に限って言えば、一日目に四十分で、八十点満点の試験があり、二日目に、七十分で、百二十点満点の試験がある。言ってみれば、前哨戦と本番、というようなところか。

そして、この一日目の試験が、どうもよくない。やけに、知識クイズ的なのである。

たとえば、

「蟻の入りこむすき間もない」の誤りをただせ、とか。

「石の上にも三年」の反対の意味のことわざは何か、とか。

議と船に、どんな漢字をつけたら「～をする人」の意味になるか、とか。答は員。

同様に、牧と技なら、画と作なら、農と鉱なら、などと問うわけだ。

つまりこれは、大人がゲームでちょっとやってみたくなるような、知識量を問うクイズなのである。だから、「たけしの平成教育委員会」でやる国語の問題は、ほとんどがこの、灘の一日目の問題なのである。

言葉というものを、知識量だと考えているのだな、この出題者は。四文字成語を数多く知っていたりすることが、国語的に頭がいいことだと思っているのだ。

全面的に誤りではないが、片寄った、つまらない考え方である。たとえば小学生の作文で、次の二つのうちどっちがすぐれているかを考えてみればいい。

「野球は一気呵成に最終回になだれこみ、一喜一憂するうちに、絶体絶命のピンチとなったが、ぼくが起死回生のヒットを打ち、味方は欣喜雀躍した」

「足がカクカクと震えていた。ぼくは、ここでなんとかしてヒットを打ちたいと、そればっかりを考えていた。でも、打てるだろうか。みんながそれを望んでいる、そういう時に、ヒットを打って期待にこたえられるだろうか。なんだか、胸がしめつけられるような気分だった」

言葉の知識量では前者のほうが上だが、ひどい文章である。後者も別に名文ではないが、よほど好感が持てる。

「つまり、国語で、知識量を問題にするのは、本当は二義的なことである。大人で、しかもアナウンサーだったら、正しく言葉を知っていろよ、と思うが、小学生にそんなクイズをやらせることはないのだ。

こういうクイズを毎年やれば、もちろん塾はそういう知識を小学生につめこんでくれるだろう。そうして、ことわざと四字成語だけはやけに知っている小学生が生産されるのだ。無意味である。

いや、無意味なだけならよいが、やりすぎるとバカげたことになる。

自[A]——[A]水——水[B]——[B]入——入[C]——[C]室——室
[D]——[D]風——風[E]——[E]浪《ろう》

と、A〜Eに「さんずいへん」の漢字を一字入れて、熟語のしりとりを完成させろと言う。

こんなもの、クイズですらなくて、パズルである。

えーと、やってみるか。

あれれ、わかんないな。(二分経過)

正直に白状する。二分考えても、私にはAがわからなかった。答えを見れば、ああそうかと思うのだが。みなさんもやってみてはどうですか。

いずれにしろ(自分ができなかったから言うのではないが)、これで学力は測れない。測れるのはパズル力とでもいうようなものである。

しかし、もっとひどい問題もある。

「十万キロも走れば車だって□になるさ」

の□の中に、語を選んで入れろと言い、**おたおた　かたかた　がたがた　くたくた　くだくだ　すたすた　ずたずた**　などの語が書いてある。昔あった「連想ゲーム」のワンワン・コーナーである、これでは。

そして、がたがた、だけを正解だと子供に教えこむわけだ。ずたずたは、ペケなのだ。

その十万キロが、タンザニアの十万キロだったりしたらずたずたのほうが感じが出るかもしれないぞ。

もしくは、これが次のような作品の一部分だとしたらどうする。

「おおい、車くん。どうしたんだい、近頃元気がないじゃないか。電気釜のぼくがこんなにはりきっているってのに」

「十万キロも走れば車だって□になるさ」

これなら、私はくたくたがいいと思うな。

確かに、言葉にルールはある。しかし、ルールが言葉で一番大切なものではない。そのところが、この出題者にはわかっていないのだ。とにかく、ルールで言葉をしめつけようとしたいのだ。

この出題者なら、俵万智の、

白菜が赤帯しめて店先にうっふんうっふん肩を並べる

を見て、ペケ、と言うだろうな。白菜はうっふんうっふんと並んでいるのではなく、ぎゅっぎゅっと押しあって並んでいるのです、なんて。バカこくでねえ。

この一日目の問題には、もうひとつ、バカげたところがある。それは、外来語にやけにこだわっていることだ。

ジャーナリスト、ルーツ、バイパス、コーチャー、リラックス、スケジュール、メッセージ、アピール、ターゲット、オークション、メリット、オーソリティ、キャンセル、コミュニケーション、アドバイス、バロメーター、プロフィール……。

きりがないが、そういう片カナ語の意味を問うのだ（選ばせるのだが）。小学生にですぞ。

小学生が、メリットだの、ターゲットだの、キャンセルだのと口走ってサラリーマンの真似をしてどこが偉いのだ。

こんなところで、片カナは偉い、の考え方が子供にまで叩きこまれておったのか。灘中学へ入るような子は優秀で、東大に進み、やがてお役人になり、アメニティを考慮したアセスメント、などという文章を書くようになるわけである。

だとすれば、これは愚問であるだけでなく、国語に対する罪だぞ。外来語はぜひともやめてもらいたい。

ここの、二日目の問題は、まあ、普通である。一応、よくできていると言ってもよい。

ただし、いつも第三問で、詩を取りあげるのには私は反対だ。詩を出してきて、これはどういうことを言っているのか、などと問うのは、

①むずかしすぎる

②意味を決めつけるのは詩に対して無礼である

からである。

*

ラ・サール中学校でも、国語と算数は二回試験を受けなければならない。配点は、両日とも五十点。つまりその二つの課目は、社会や理科より重要だということか。

一日目に、必ず漢字書き取りの問題が出る。それはまあ、大きな問題ではない。

そのほかのことで目につくのは、比較的長い文章を書かせるなあ、ということである。

たとえば、問題文で作者がこう書いているのはどんなことを言おうとしているのか、四十字以内にまとめて答えなさい、なんていう出題がかなり目につく。採点のしやすさ、ということから、国語の試験問題が、ともすれば、次の五つのうちから一番

近いものを選びなさい、という、五者択一になりがちなのにくらべると、自分で書かせるこのやり方は良心的である。唯一絶対の正解がないこういう問題で、一人一人の回答を細かく採点してくれるなら、大変によいことである。

百五十字以内で説明せよ、とか、七十字ぐらいで答えよ、六十字以内にまとめなさい、などという問題もある。願わくば、ちゃんとした人がしっかりと採点してほしいな、と思うばかりである。

と、ほめておいて、実はここから疑問を呈する。この学校のそういう、長文を書かせる出題の中に、ときどき変なのがあるのだ。

それはたとえば、九〇年の問題の一日目の第三問。八九年の一日目の第三問。八七年の一日目の第三問。うーむ、どうも一日目の第三問に問題ありだな。

どういう問題かというと、全部共通して、ちょっとした文章があり、終りのあたりに（　）があり、その（　）の中に入るべき文章を百二十字ぐらいで書け、というものである。

実例を示すと、

(全部引用する必要はないだろうから要約するが）**体の苦痛があるからこそ、体の故障に気がつくのであり、苦痛は大切なものだ。もし苦痛がなければ手遅れになるだろ**

う。同じように、人間が心に感じる苦しみやつらさは（　　）。このことを深く考える必要がある。

この（　）の中に入る説明を百二十字以内で書けというのだ。

別の年の同様の問題。

（要約）旧制中学の先生である私が歩いて学校へ行くと、新入生が追い越していく。次に五年生が追い越し、私に「お早うございます」と言った。すると、先の新入生が私を待ち、脱帽して「お早うございます」と言った。そして、「さっきは先生だということを知りませんでした」と言う。この学校では、先生にちゃんと挨拶せよ、という教育がされているのである。だから新入生はそうしたのだ。考えてみると羨ましい行動である。（　　）私は明るくされた心持ちで学校の門を入った。

この（　）の中に、七十字以上八十字以下の文を書け、というのだ。

一見、読解力と文章力を試すいい問題のようである。しかし私が思うに、こういう問題は間違っている。

たとえば、こういう問い方ならばいい。この文章の作者は、何をどう感じているのか。その考えを、（　）の中に書いているはずである。そういう文章を、百字で書きなさい。

こういう問題なら、一応成立する。文を読んで作者の考えを読み取るんだから。そうではなくて、ただ、文中に（　）をして、ここに何か書けというのはむちゃである。

なぜなら、その問題には正解がないからである。どういうことを書いたって自由なはずである。それなのにある種の答えだけを正解とするならば、それは誤った教育である。

つまり、（　）の中に文章を書けと言っておいて、その文章が、作者の意見と違っていたらどうしてペケなんだ、ということである。思想の自由を侵すなよ、だ。

先の、体の苦痛は大切だ、の問題で、模範回答というのを見ると、次のようになっている。

人間が人間として正常な状態にいないことから生じて、そのことを僕たちに知らせてくれるものだ。そして僕たちは、その苦痛のおかげで、人間が本来どういうものであるべきかということを、しっかりと心に捕えることができ、精神的成長に役立てることができる。

なんでこれが正解なんだ。それはこの文の作者の考えじゃないか。そういう考えではない小学生はラ・サールには入れてもらえないのか。

たとえば私。この（　）の中に入れて文意の通じる文章なんか、十種類以上書くことができるぞ。そして、中には、こんな俗っぽい意見よりスルドイのだってできるぞ。

こんなのはどうだ。

同じように、人間が心に感じる苦しみやつらさは（人間の健全な精神のありようを思い出させてくれる大切なものだ、と言う人がいるかもしれない。しかし、それは早計である。沢田研二も「体の傷ならなおせるけれど、心の痛手はいやせはしない」と歌っているように、心の問題は肉体の苦痛よりは複雑なのである）。このことを深く考える必要がある。

これだとペケなのね。ある、これが正しいとされる考え方と違っているから。

おいおい。それは思想検査であって、国語の問題ではないよ。

作者はどう考えているのか、を問うのは国語の問題である。しかし、この文章をどう書くのが正しいのか、というのは国語が問うことではないのだ。文章というのは、何をどう書いたっていいものなのだから。そういう大切なことのわかっていない困り者が、こういう出題をするのであろう。

やめてもらいたい。

＊

これは冗談ぽく断言してもいいが、国語の問題の文章は必ず悪文である。どんな名文を持ってきたって、悪文にされてしまう。あたり前のことだ。

人間が心に思うことを他人に①ツタえ、知らしめるのには、いろいろな方法があります。A□悲しみを②ウッタえるには、B□もツタえられる。物が食いたい時はC□見せてもわかる。

これは谷崎潤一郎の『文章読本』の冒頭で、名文にきまっているが、こんなふうに漢字が片カナになったり、穴だらけだったりしたら、すぐには意味の伝わらない悪文になるにきまっている。これを解読せよ、というのはかなりの暴力である。

国語の試験というのは、そういうひどいことをしているのである。

いや、もちろん私も、国語の試験をするな、という暴論は吐かない。こういう問題をやればやるほど馬鹿になる、とは言わない。これだと国語力のない子ほどいい点を取る、とも思わない。

とりあえず、国語の入試問題は、受験生の国語力を測る上で、おおむね有効である。

しかし、その有効を得るために、つまらない努力をさせるものだなあ、と思う。本当は、テーマを与えて作文を書かせてみれば、一番きっちりと国語力が測れるのだが（それは、採点がむずかしく、時間もかかって不可能だというわけだ）。

そこで、現状のような試験になる。なんとかその中学に入りたい子は、塾へ行ったりしてこの種の試験に馴れる。コツを掴む。

そして、正解し、目的の中学に入れれば喜びがあるだろう。そこには、むずかしいことを、やりとげた、という満足感があるはずである。

なぜそんなことをするか、は問わない。自分はそれが好きか、も無視。ただ目の前に壁があって、それを乗り越える喜び。

実に、日本人らしい話ではないか。

目標を立てて、なしとげることの満足感。

その満足感を得たくて、ひたすら頑張る。

その途中が楽しいかどうかは、考えない。

日本の大人の多くが、そんな価値観で生きている。そのことが、小学生のやる勉強にまで、くっきりと反映されているわけだ。

これは、試合の前のうさぎ跳びや、千本ノックにどこかしら似ている。さあ立てえ、立つんだジョー、もっと力を出すんだ、根性を見せるんだ、正月も塾で特訓するんだ、本を読んでる暇があるなら入試問題をやれえ。

やって、やりとげた子には、優越感というごほうびがもらえる。

塾で国語の特訓を受けた子よりも、六年生の一年間で本を百冊読んじゃった、という子のほうが国語力があると私は思う。しかし、その子は、開成中学校にも灘中学校にもラ・サール中学校にも入れないであろう。

作文教室から

名古屋に住んで学習塾をやっている弟に、小学生のための作文教室をやってみないか、と持ちかけたのは私からであった。そこには、子供の数が減少して塾経営が苦しくなっている中での、打開策としてどうか、という計算もあったのだが、そのほかに、個人的な興味と関心もあったのである。

国語科の教員資格を一応持っている私は、国語教育については多少の意見を抱いているのだ。そして、子供の国語力を高めるのに一番いい方法は、作文をたくさん書かせることだと思っている。作文を書くというのは、総合的国語力がなくては到底不可能なことであり、それがうまく書ければ文句なく国語の力がアップしている、と思うのだ。

もちろん、学校でも子供たちはしばしば作文を書かされている。先生が忙しかったりすると、先日の遠足について作文を書きなさい、と課題が出され、先生は給食費の計算か何かしている。子供たちはよくわからないまま、バスに乗ってどこへ行って何を食べて、楽しい遠足でした、という作文を書く。

しかし、それだけではいけないと思うのだ。これは、一人の先生につき、担当児童が多すぎるから無理もないのだが、先生はそういう作文に丸や二重丸、八〇点とか五〇点とかいう点、をつけて返してくれるだけなのだ。こう書いたほうがよくなる、という指導はまず、なされていないと思う。

そして時として先生が何か書き入れているとすれば、それは作文の指導ではなく、作文の内容へのコメントであることが多い。

「ぼくはその時、兄を殺してやりたいぐらいに思った」

に対して、兄を殺そうなんて考えてはいけません、と書くような。国語の、作文の指導をすべき時に、道徳の指導をするのはとんだお門違いなのである。

私なら、こう指導するだろう。

この書き方は、兄へのいっしゅんの憎しみを強く表現したうまい言い方だね。でも、ちょっと大袈裟になってないかな。本当は、殺したいではなく、殴ってやりたい、ぐらいだったんじゃないかい。言葉につられて、ついオーバーに書いちゃうのもよくないんだよ。

そうやって、作文そのものへの指導をつけて返してやれば、必ず小学生は上達するんじゃないか、という予感があったのである。

そういうわけで、一年前から私は、毎週ファックスで送られてくる小学生の作文に、指導を書きそえて送り返している。一年目は生徒数も少なかったが、今年はそれが八人になった。八人分の作文に、きっちり指導を書きこむのは結構大変だが、なかなか面白い体験でもあるのだ。

というのは、思った通り、確実にうまくなっていくのである。初めは二百字ぐらいしか書けなかった子が、すぐに平気で千字ぐらい書くようになる。一年生から六年生まで、バラバラの学年の子たちが、明らかに上達していくのだから、やりがいを感じてしまう。

この文はどこどこまでも切れずに続いて、長すぎるから最初と終りがつながってなくて、何を言ってるのかわかんなくなっちゃうんだ。文を三つぐらいに区切ってごらん。その程度の指導なのである。その程度のことさえ、子供たちは言われたことがなかったのだ。そこに気をつけるだけで、ぐっと上手になるのである。

今私は弟の塾の作文教室で、東京先生と呼ばれている。半年に一回しか顔を出さない作文の先生、というわけだ。でもファックスのおかげで毎週彼らの作文を見て、それぞれの性格までわかってきている。

次は読書感想文、次は創作、次は手紙、などといろいろなテーマで書かせ、少しずつではあるが彼らが上達していくのがとても面白い。

私の中にはどこかに教育者の資質があるようなのである。

ディベートの思い出

高校二年生の時、一人でクラス中の人間の大顰蹙《ひんしゅく》を買って討論をしたことがある。実は自分ではあまり覚えていなかったのだが、最近、その頃からのつきあいの友人にその思い出話をされて、くっきりと思い出した。

倫理社会の授業で、先生が、この先日本では老人問題が深刻になっていくのだが、さて、老人をどう考えればいいのか、きみたちは老人のことをどう思うのか、みんなで討議しなさい、と言ったのだ。

盛り上がらない発言がしばらく続いた。挙手して意見を言う者もあまりいない。しかし、どうも話が、建て前のきれいごとの方向に大いに流れていくのだ。よい子で優等生でものを考えたこともないような生徒の発言が続く。

「老人というものは、人生経験が豊かなんだから、必ず何かぼくたちに教えてくれるものを持っているはずです。ですから老人の知恵を取り入れていくべきです」

「老人というのはこれまで生きてきて、この社会を築いてくれたんです。その恩を思えば、体が弱ってきたりしたならお世話して当然だと思います」

そんな意見ばかり出てくるのだ。

これではいかんな、と私は思った。そういう考え方の人がいてもいいが、高校生の討論がこんな話に終始しててはいかんだろう、と思ったのだ。

私としては、非常に建設的な気分でそう思ったのである。高校生にもなって、お年寄りって大切だと思いまーす、という小学生のような話をしてちゃいかんだろうと。だから、この討議をディベートにしなくちゃ、と考えた。もうちょっと話を深めようよ、という気分だった。

私は挙手して次のようなことを言った。

「老人は、現在にいたるまでのこの世の中を築いてきたのです。いわば、過去をつくってきた人生経験を持っているんであって、これから未来をつくっていく我々が教わることなんてそうないでしょう。多くの場合、老人の意見なんてどうしようもないものので、次世代の我々としては切り捨てていくしかない」

そうしたら、クラス中、というのは大袈裟だとしても、そういう時に発言するタイプの生徒全員がものすごく過剰に反応した。なんというひどい人間がいたものだ、という調子に。みんな次々に私に対する反論を並べたてるのだ。きみは間違っている、なんて声を震わすやつまでいた。

そして私は嘘ではなく本心から、いいぞいいぞ討論らしくなってきた、と喜んでいた。クラスの者を敵にまわしちゃった、なんて不安は抱かなかった。討論の時に、反対意見の者を敵だと思うほどぼくらはバカじゃないでしょう、と思っていた。

ディベートなんだもの、大いにやった。

「老人を大切にしよう、というのは、個人レベルではそう思っていてもいいです。でも、ぼくらは次の世の中を築いていく若者なんだもの、今までの大人がつくってきたものを一度全部ぶっ壊していこう、というぐらいの気持ちを抱いてるのが普通でしょう。大人は立派で、何でもお年寄りに相談してやっていこうなんて若い者が考えてる国は、はてしなく尻すぼみですよ。老人には引っこんでもらわなきゃダメですよ」

ついつい、話が過激になるのもこういう討論の楽しみのひとつだ。

「老人なんて、少々の経験からひとつかふたつの教訓を得ているだけのもので、どんな時にもそれをくり返すだけの困った人なんですよ」

私が老人を憎んでいるなんてことはまったくなかった。むしろ素《す》の私は年長者に対する敬意を忘れることのできない人間である。

しかし、議論としては、うまく展開しているなあ、と思っていた。

その時その場にいた友人の証言によると、クラスの者たちは少しショックを受け、ひどいことを言うやつがいるなあと思いつつ、大いに刺激されていたようだったそうだ。もちろん、優等生くんたちは本気で憤慨していただろうが。

私は、おもしろい討議になってよかったな、という気持ちでその授業を終えた。これで私がクラスから浮いた存在になるなんて、ありえないことだと見抜いていた。

そうしたら授業の最後に、倫理の先生はこう言ったのだ。

「これは授業中の討議なんだから、授業後には持ちこさないように」

そう言って私を憎むように見た。

あの時はまったくゲンナリした。そんな愚かな人間だと思われてるなら、議論なんかしなきゃよかった、という気がした。この人は実は、老人は大切にしましょう、のところで話をまとめたかったのだ、と思った。

教育されててがっかりした思い出のひとつである。教育は、伸ばすためにやるものだと考え、大きく伸ばすためには、ひとつ試しにこの辺をついてみようなんて私が考えてやったことが、先生には迷惑だったらしいのだ。

その先生にとって教育は、ワクの中に納めることであったらしい。

それ以後、私は倫理社会の時間に発言をしなくなった。私がかきまわしてもご迷惑でしょうからやめておきます。どうぞどうぞ、おやりください、という気分で。

第五室——世界

奇跡のような複合と調和　イスタンブール

ボスポラス海峡の東がアジア、西がヨーロッパ。ところがその両岸がひとつの都市なのだ。

イスタンブール。ひとつの市が、ヨーロッパとアジアにまたがっているとはどういうことなのか。それを私と妻は、市民が気楽に利用する渡し船に乗ることで味わった。

海峡は、大河の河口ほどの幅で、互いに対岸がくっきりと見える狭さである。渡し船に乗ること五分ちょっとで、ただあっさりと対岸に着いてしまう。

それもそのはずで、渡し船は多くの市民にとっての通勤路なのだ。アジア側がどちらかというと住宅地で、ヨーロッパ側が中心部なので、多くの人が毎日アジア側からヨーロッパ側へ通勤している。

私たちには、そのことがなんとも不思議な感覚なのだが、人々に混じって船に乗ってみれば、あっけなくも日常的なことなのだった。

アジアの西の果てに、東の果てから来たのだな、と思う。そして、ヨーロッパ側に少しはみ出しているイスタンブールへ来て、ここからヨーロッパがはじまるのだ、という雰囲気も感じ取る。確かに実感として、東西の接点、二つの世界のはざまの味わいなのだ。

アジアとヨーロッパのはざまで

ヨーロッパ人はイスタンブールへ来ると、だいぶんアジアになってきたなあ、と感じるのだそうだ。どこかにアジア的喧騒があるのだ。

ところがアジア人がトルコに入ると、だいぶんヨーロッパになってきたなあ、と思う。看板の文字が、アルファベットになるからである。

「タクシーの屋根の上の文字を見てごらん」

と私は妻に言った。

「おもしろいつづりね」

と妻は言う。そこにはＴＡＫＳ・Ｉと書かれているのだ。

「ローマ字みたい」

「当然そうなのさ。この国は文字を変えたんだから」

トルコでは、トルコ語が話されている。そして長らく、トルコはアラビア文字を使っていた。念を押しておくが、アラビア語を話しているわけではないのに、文字はそれを使っていたのだ。

第一次大戦後に、オスマン・トルコ帝国を倒してトルコ共和国を建国した英雄ケマル・アタチュルクは、文字改革をして、アルファベットを使うことにした。

だから、TAKS・Iなのである。外来語はローマ字風なつづりになるわけだ。日本がもし文字をアルファベットに変えたら、ナイフはNAIFUになるだろう、それと同じだ。

考えてみれば、トルコ人にはそういう面白さがある。

トルコ民族はもともと中央アジアにいた騎馬遊牧民族で、古く中国では突厥《とっけつ》と呼ばれていた人たちだ。それが、アジアの中央部を西へ西へと進んで現在のトルコまで来た。いや、ブルガリアあたりまで進んだ。

トルコ語は、「インド・ヨーロッパ語族ではなく、日本語などと同じウラル・アルタイ語族である。日本語と同様に膠着語《こうちゃく》なのだそうで、ヒンズー語やアラビア語とはまったく別の言語なのだ。広い意味のトルコ語（チュルク諸語）は、ブルガリア、ルーマニア、ユーゴスラビアあたりにまで広がり、また、近年ソ連が崩壊して独立したウズベキスタン、カザフスタン、トルクメニスタンなどの中央アジア諸国でも使われている。

つまり、先祖を見れば、トルコ人とは中央アジアの騎馬民族で、多分に武張《ぶば》った、強い民族なのだ。

「でも、宗教はイスラム教なのよね」

と妻が言う。そうなのだ。そこがトルコの多様性だ。

イスラム教はトルコの国教ではない。だが国民の九〇パーセント以上がイスラム教徒だそうである。

そのせいでトルコは、イスラム諸国ともつながりがある。モスクがあって、その塔（ミナレット）がそびえ立ち、街にお祈りを呼びかける声が朗々と響きわたるのは、イスラム世界のムードである。

でも一方でトルコは、歴史の中で主に戦争を通して、敵になったり味方になったり、ヨーロッパと関わり続けてきて大いにヨーロッパ的でもある。パリ発のオリエント急行の終着点がイスタンブールだったではないか。そっちと強く結びついているのだ。

イスタンブールの価値と面白さは、そういう複合にあるようだ。アジアでもあり、ヨーロッパでもあり、イスラム世界でもあり、何もかもを平気でまぜこぜにしている。それでいながら、見事に文化的調和を実現している。

アヤ・ソフィアの重み

そもそも、イスタンブールが、とてつもない歴史を持つ都市なのだ。ここはもともと、ギリシアの植民都市ビザンティウムだったのだ。それが、ペルシア帝国にのみこまれたりもした。次いで、ローマ帝国に入り、三三〇年にその都となる。名も、コンスタンティノープルとなった。

ローマ帝国が二つに分裂した後も、コンスタンティノープルは東ローマ帝国（ビザンティン帝国）の都だった。ギリシア人が多く住む、キリスト教徒の都として、世界有数の大都市だったのだ。市は城壁に囲まれ、難攻不落を誇った。

今、何百ものモスクからコーランを読む声がきこえてくるこの都市は、かつて、ギリシア正教の総本山だったのだ。文化的に、すべてが混じりあった味わいがあるのは当然のことなのである。

十五世紀に、トルコのスルタン、メフメット二世がコンスタンティノープルをついに陥落させ、この地の名をイスタンブールと変えた。

アヤ・ソフィアはそういう歴史をすべて包みこんでなんとも言えぬ大きさでたたず

んでいる。

　そこは初め、東ローマ帝国のユスチニアヌス帝が建てた聖ソフィア寺院だったのだ(現在あるものは五三七年に改築されたもの)。キリスト教の本山であり、壁にはキリストやマリアを描いたモザイク画があった。

　それが、メフメットによって支配されると同時に、イスラムのモスクに改装され、モザイク画はしっくいで塗りつぶされた。

　今は、そこは博物館となっていて、一部残っているモザイク画も見ることができる。

「なんだか圧倒されるような感じがあるわね」

　アヤ・ソフィアの中に入った妻はそう言った。

「ほかのモスクより、ちょっと暗いからね」

「それだけじゃなくて、歴史の重みっていうのかな、変遷をのりこえてきた苦みのようなものがこもっている感じで、よけいに大きく感じられるの」

　その重圧感は、アヤ・ソフィアの外観からも感じ取れた。灰色のドーム型の屋根を持つそこは、ところどころはげながら、夕焼け色に塗られているのだ。その色の中に、時間が塗りこめられているような気がした。

ブルー・モスクにしろ、スレイマニエ・モスクにしろ、もちろん巨大で、その外容にはただただ圧倒されるばかりなのだが、中に入ってみると、意外に窓が多くて明るく、和やかな空間なのだ。人の集まる広場をドームでおおっているという感じなのだ。

「いくつもの天幕で広場にふたをしたっていう感じだなあ」

と私は思ったぐらいである。モスクとは、人々がお祈りのために集まる広場に屋根がついたものなのかもしれない。

だが、アヤ・ソフィアだけは、どこか重々しい雰囲気であった。

何度も市中を車で移動しているうちに、妻がこう言った。

「もう私、この街の地形がすべて頭に入っちゃった」

もともと地理勘のある人だが、それにしても早い。

「だって海峡と湾のせいで、すごくわかりやすいじゃない」

イスタンブールは黒海につながるボスポラス海峡によって、アジア側とヨーロッパ側に分かれると書いた。だがそのヨーロッパ側がまた、金角湾という湾によって南北に分けられるのだ。北が新市街で、南が古代からの中心部の旧市街。なるほど、確かにわかりやすい。

「しかも、この街は見渡せるじゃない。海が近くにあるから、対岸が見渡せて、しかも陸地は丘になってるから、全部を一望できるでしょう。こんな大都市はそうないわよ」

言われてみればその通りだ。イスタンブールは、海に接したなだらかな丘のつらなり、という地形であるため、よく見渡せる。見渡すと、赤い屋根の重なる家々の中に、あそこにもここにも、丸い屋根のモスクと、天をさし示すミナレットが目に入るわけだ。それこそが、この街の何よりの特徴であり、美しさだろう。

モスクのドームとミナレットがシルエットになって浮かびあがるからこそ、ここは夕陽の名所なのだ。

海から見るイスタンブール

妻はこの取材に際して、ひとつだけ希望を出した。それは、ボスポラス海峡のクルーズがしたい、ということだった。

つまり、海からこの湾岸都市を見たい、というのである。そして、やってみて私も、なるほどこれには値打ちがある、と思った。

海に接しているとは言え、海峡の奥の海に波はない。

だからここには、防波堤というものがないのである。海に面していきなり家や宮殿が建っているのだ。

車で道を通りながら、陸地で見ていた宮殿はただ高い塀があるだけで殺風景だった。ところがクルーズして同じ宮殿を見て、その美しさときらびやかさに驚く。海側が表だったのだ。そこから自家用の船で出入りするのがこの宮殿の正しい使い方で、陸地側は裏の塀だったわけだ。

そして宮殿以外にも、金持ちの夏用の別荘（ヤル）が海に面して建ち並ぶ。まことに見事であり、豊かさにため息が出る。イスタンブールは海から見るべし、という思いを強く抱いた。

「お金持ちの別荘地であるってことにまで歴史があるのね」

と言う妻に私はこう言った。

「リゾート地の元祖でもあるわけだよ、ここは」

ヨーロッパでもあり、アジアでもあり、歴史をすべてのみこんで、不思議な調和の中にイスタンブールはある。奇跡のような調和、と言っていいと思う。

その街で、トルコ人は平気で人種的に混じりあい、人がよいけど、カッとなりやすく、やたらに大声で口論しながら、ざわざわとバザール（市）の中のように生きている。道端で買い喰いするものがうまいのと、安い居酒屋の雰囲気がなじみやすいのに私は驚いた。

トルコ人が口論をするのは、どうも自分のメンツがかかった時にムキになって主張するためのようで、そこに私は誇り高き武士の魂のなごりを見たような気がした。バザールの中に、うじゃうじゃいた人たちが、不思議になつかしい。なぜかほっとするような雰囲気があったのだ。

「イスタンブールのことはだいたいわかったから」

と妻が言う。

「だから？」

「近いうちにまた来ましょう」

そう。まだまだ奥は深そうなんだから。

社会科はどこにでもころがっている

今年の夏、トルコへ行って、有名な観光地をひと通りまわるような旅行をした。そして私は、あらかじめ持っていた予想をかなりくつがえされ、大いに意外感を味わう体験をした。

トルコへ行けば何が見えるだろうと私が思っていたかというと、イスラム文化である。もちろん、今のイスタンブールがかつてはコンスタンティノープルといって、東ローマ帝国の都であったことは知っているが、それは遠い昔のことだ。十五世紀以降は、そこも陥落し、オスマン・トルコの国である。そしてトルコ人は、イスラム教徒であった。

だから、トルコへ行けばイスラムのムードにひたるんだろうと思っていた。トルコはほんの一部分を除いてアジアにある国だし、いわゆる中近東の風情が味わえるんだろうと。

イスタンブールにはその味わいも大いにあった。ヨーロッパ的な街並みなのだが、その中に、代々のスルタンが住んだトプカピ宮殿があり、大きなモスクがあり、そこにミナレット（塔）が建っているわけで、イスラムの香りに触れることができた。

ところがそんなイスタンブールに、コンスタンティノープル時代の遺跡もある。ローマ時代の水道橋とか、その水道で運んだ水をためておく地下貯水場などは、ローマ文化の味わいである。

イスタンブールだけは例外なのだろう、と私は考えた。ここは古代からの歴史が豊かな古都だから、オスマン・トルコにのみこまれる以前からの遺跡も多く、印象が複雑なんだろうと。だが、ここ以外のトルコは、大いにイスラム的に違いない。

そう思って順に観光地をまわっていったのだが、私の予想は見事に外れたのである。

イズミールというエーゲ海に面する都市へ行って、そこが紀元前三世紀からギリシア人の住んだ街だということを知る。近郊の遺跡は、ギリシア時代のものか、その後のローマ時代のものなのだ。

つまり、ギリシア風の神殿とか、アゴラとか、大劇場などを見物することになる。ローマ時代風の浴場とか。

ほかの都市や、観光地へ行っても同じことだった。たとえばカッパドキアという地方は、太古の洪水の浸食作用により、キノコ形の岩がニョキニョキあるという珍しい地形で、しかもその岩をくり抜いて家にしている、という面白さでとても有名である。ところがそこは、キリスト教徒の修道の地として古くから栄え、岩をくり抜いた教会などがいっぱいあるのである。だからイタリア人観光客が多い。

ほかの場所には、聖母マリアの家があった。キリストが処刑された後のマリアが住んで、そこで死んだのだそうだ。

それから、ヨハネやパウロの住んだ場所もある。キリスト教関係の史跡がぞろぞろ出てくるのだ。

要するにトルコへ行ってみたら、見物したものは、ギリシア、ローマ、キリスト教関係のものばかりだったのだ。

もちろん、よく見ればイスラム文化も見える。観光地へ行く途中の村や町には、必ずモスクがあって、ミナレットが建っている。

でも、バスを降りて見物するのはギリシアやローマの遺跡なのだ。

考えてみれば、トルコはエーゲ海をはさんでギリシアの対岸なのだ。つまり、もともとギリシア文化圏なのである。そこが、次にローマ文化圏になったのだ。小アジアに生まれたキリスト教がローマに伝わっていく道筋でもある。

そういうわけで、トルコではヨーロッパ古代史を思いがけなく勉強させられた。それは思考の盲点をつかれるような体験だった。

でも、そういう体験が、旅行の面白さであろう。トルコへ行って、思いがけずそこがヨーロッパ史の縮刷版のようなものであったと知る楽しさは、行ってみなければ味わえない。

どこへ行って、何を見ても、人間の文化に注目すれば見えてくるのは社会科である。そういう意味で、私は年を取るごとに社会科が好きになってくる。

『どうころんでも社会科』という本を出したのは、生活の中にある社会科の見つけ方を、私なりに語ってみたくなったからだ。なるほど、すべては社会科だ、と目からウロコの落ちるような本にしたかった。

インドで考えすぎることはない

平成七年の年の瀬から、八年の正月六日まで、南インドを旅して過ごした。もちろんインドは北半球にある国だから、その地なりに冬であった。ただし、気温が毎日三十度以上あるという冬である。インドの人は、めっきり冷えこみますねえ、などと言ってセーターを着たりしているのだが、こっちは暑さでヨレヨレになってしまう。そういう正月を初めて体験した。

インドへ行くのは五年ぶりで、都合三回目だった。私はこれまでにたった三回しか海外旅行をしたことがないのだが、その三回ともがインド行きだったという、変な具合になっているのである。インドにハマってしまったタイプですね、なんてひとから言われる。まあ、そういうことになるのかなあ。

しかし私は、インドに魅了されてしまっているわけではない。それとはちょっと違った気分で、うんざりしながらインド及びインド人を見るのが好きなのである。

江戸時代の思想家富永仲基《なかもと》は、インド人の国民性を「幻《げん》を好むを甚《はなは》だしとなす」と書いた。幻とは、神秘性、ということである。

そしてこの考え方は、今でもインドを語る人がよく陥るものである。インドというと、なんとなく不思議世界のように思ってしまうのだ。近代的合理精神とは別の、神秘的ミステリがインドにはある、なんて思いがちである。そういう気分があるからこそ、サイババなんていう手品師が大いに注目されたり、地下鉄に毒ガスをまいたりする教団の教祖がインドへ行って箔をつけようとしたり、教団内の用語をそこから拾ってきたりする。

神秘の国インド、というイメージだ。そのイメージを強く持っている人は、実際にインドへ行っても、そのイメージに合うものしか見てこない。物乞いの人を見て、ヒンズー教寺院を見て、ホテルがダブル・ブッキングになっているのを体験して、飛行機が四時間も遅れてしかもゆっくりとしか仕事をしない空港事務員を見て、インドは不思議だ、と思って日本へ帰るのだ。

私のインド観はそうではない。私から見れば、インドはげんなりするほどリアルであって、ミステリなどどこにもない。とてもハードな現実社会である。今回三回目の旅をしてますます強くそう思った。

むしろインドを見ていると、インド以外の国がそれぞれ生活文化を持ち、ある国民性のもとに片寄っていることに気がつく。たとえば日本人というものが、国民のすべてが同系色にまとまり、どのぐらい親切でどのぐらい身勝手でという線があり、まあなんとなく行儀よくやっている人たち、と特徴を語れるのが不思議に思えてくる。インドにはあらゆるパターンの人間がいて、それぞれ勝手に生きているからだ。

インド人は自己主張が強いかというと、そういう人も確かにいる。

インド人は親切かというと、そういう人も確かにいる。

インド人はこすっからいかというと、そういう人も確かにいる。

インド人は人なつこいか、というと、そういう人も確実にいる。

インド人は貧乏かというと、そういう人は沢山いる。

インド人は金持ちか、というと、そういう人もびっくりするほどいる。

全部いるのである。これがインド人の色、という一色にはとてもまとめられない。

普通ならば、あるひとつの国民は、なんとなくひとつの国民性を持っていて、特徴を語ることができるのに、インド人はひとつにまとめられないのである。全部いる、としか言いようがない。

不思議というならば、その点が不思議である。どうしてインド人は人間のすべての相を持ったまま、ひとつの国をやっていっておるのか。

その不思議の原因は、おそらく、カーストのせいであり、そのカーストを丸ごとのみこんでいるヒンズー教のせいであり、何度も平気で異民族に支配されてきた歴史を持つせいである。初めはアーリア人に、中世にはイスラム教徒に、近世にはポルトガル人やイギリス人に、インドはあっさりと支配され（ポルトガルにはゴアを占領されただけだが）て生きのびてきている。そのことの裏にも、カーストがいくらか関係していると私は思う。

しかし、カーストのあることをインドの不思議と言ってしまうのもうかつである。人間というものは、身分差別をするものではないか。インドのカースト以外に身分差別を見たことはない、とは言わせない。

インドには人間のすべての相がある。そんな国はあまりないから、つい人々はどうインド人を捉えたらいいのだろう、と考えこんでしまうのである。

たとえば、写真撮影禁止の美術館の中で、あなたがカメラをちょっと構えてみたとする。するとすぐに、部屋の隅にいたインド人が寄ってきて、お前は禁止されておる撮影をしただろう、と大変な見幕で怒る。インド人は規制にやかましいなあ、と思うところだ。

だが実は、そのインド人は美術館の人間ではないのだ。そこにいて、カメラを使った人に文句を言い、五人に一人くらいは十ルピー（一ルピーはついに三円になってしまった）くれるからそれで生計を立てている人なのである。そういうインド人もいる。

しかし、あなたがバスで市中を走っていると、すごく愛想よくニコニコ笑ってさかんに手を振ってくる大人や子供もいるのである。そういう人は、十ルピーくれるかもしれないと思って手を振っているのではない。本当に人なつこくって手を振っているのである。

両方いるから頭が混乱してくる。インド人とはどういう人たちなんだろう、とついつい考えてしまう。

全部いるんだ、と思えばいいのだ。全部いることがやや不思議だが、それ以上に、私が、インドだけの、我々とはまったく違う不思議はない。

インドだけの、インドをリアルな国だと言うのはそのことである。インドへ行くと人間のすべてを見ることができる。ひとつの国民性にまとまらずに、大いに勝手に生きている。だからあらゆる現実味がある。

観光地に行くとサイババ・グッズのショップがあるが、それは梅宮辰夫のつけものショップとそっくりの風情であるのだ。ちっとも神秘的ではない。

五年ぶりのインドで、前回と変ったなあと感じた点がなくはないので、その点を報告しておこう。

インドは経済力を少しずつ持ち始めてきている。産業的活気が、なんとなく感じられた。

たとえば自動車が、以前は国産のアンバサダーという一種類しかなかったのに、今回行ってみたら日本のスズキとむこうの会社が合弁で作った小型車が半分以上になっていた。

以前はなかったコカ・コーラとペプシが上陸しており、その看板がいたるところにあった。

ソニーや富士フイルムやシャープなど、日本企業の進出ぶりを示す看板も目についた。

そして、みんななんとなく、以前よりはゆとりある雰囲気である。少しは真面目に働くようになった印象だ。ビル建設のラッシュでもあった。

でも、インドを単一色にまとめて見ようとしてはいけない。景気がよさそう、とは言っても、田舎の町では半分の人が裸足である。物乞いもいやというほどいる。この国には、国民のすべてが中流だというような珍しい経済成長はないのだ。

インドにはすべての人間がいる。だから、いやでも人間というものが見えてしまう。

それが理由で、私はそこへ行き、うんざりしながらもそれを見るのが好きなのである。

だから、インドへ行ったからといって、すぐさまこれは何だ、と考えてしまうのも別の意味でおかしなことである。今まで、人間全般について、これは何だ、なんて考えてもいなかった人が、急にインドでその問いに答を出そうとしてもすんなりと解答が出てくるはずはないのだから。

うわあ、うんざりするけどこの人間たち、嫌うわけにもいかないしなあ、というのがインドを見た感想であればいいわけである。

そして、飛行機で日本へ帰ってきて、成田空港のビルの中に、塵ひとつ落ちていず、床も壁もピカピカに磨いてあって、入国審査もあっという間にちゃちゃっとすむのを見て、うん、この国も相当変な国だよなあ、と気がつくのが、旅の面白さではないだろうか。

インド旅行日記

十二月二十七日　成田を昼すぎに出発して、バンコクとデリーを経由してボンベイに着いたら夜中の十二時だった。時差が三時間半あるから、十五時間以上飛行機の中にいたわけだ。バンコクでもデリーでも、機内の掃除をしても乗客を降ろしてくれないのだ。一週間ほど前に、パキスタンの飛行機がカルカッタ郊外に、大量の武器弾薬をパラシュートで落した事件があり、警備に神経質になっているのだろう。それにしても、ツアー客の誰一人としてその事件のことを知っている人がいないのには驚いた。日本人はのんきだなあ。

十二月二十八日　ボンベイから、ベンガル湾側のマドラスへ飛ぶ。人間だらけのインドの、あのうんざりするようなムードである。五年前のインド旅行の時と同じ、あの雑然を懐しく、かつ、うとましく感じる。まだ旅が始まって早々なので、頭がインド人英語モードに切りかわっておらず、インド人の言うことがよくわからない。ところが三日もたつと、会話がききとれるようになるから不思議だ。

五年ぶりのインドには、コカ・コーラとペプシが上陸していて、その看板がやたらに目につく。なんとなく景気のよさそうな感じもある。南インドは産業的に進んでいるのかもしれない。

セント・ジョージ砦の軍事博物館を見物する。植民地時代のイギリスの砦である。このあたりで、妻が風邪でヨレヨレになった。

サン・トメ大聖堂を見物。由緒ある（説明は省略する）キリスト教の教会だが、キリストが蓮《はす》の花の上に立っている像は珍しい。

次にヒンズー教のカパリーシュワラ寺院を見物。南インド様式のゴープラム（門塔）が高さ四十七メートルもあり、その全面にヒンズーの神々の像が飾られているのだが、色を塗る工事中ということでヤシの葉でおおい隠されていたのは残念だった。寺院の中には例によって、花輪を首からかけてくれて金をせびるような人たちがいっぱいいて、ノー・サンキューをくり返しながらかき分けて歩くことになる。五ルピー、十ルピーに振りまわされる旅がまた始まったのだ。

十二月二十九日　バスに揺られて南インドの古都、カーンチプラムへ行く。寺がいっぱいあるひなびた町で、奈良あたりを歩いているような気になるところだった。妻は風邪薬の力を借りてなんとか頑張っている。

エカンバレシュワラ寺院を見物した。ここのゴープラムは高さ六十メートルもあって、幸いなことに工事中ではなかったので大いに写真を撮ることになる。シバ神がその樹の下で結婚式をしたと言われる樹齢三千五百年のマンゴーの大木などがあった。ヒンズー教寺院の中へどんどん入っていけるという体験は過去二回の北インドの旅ではなかったことで、いろいろと珍しい。

次にカイラサナータ寺院を見物。

そのあと、ベンガル湾に面したマハバリプラムという町へ行く。歴史があって、マドラスのお金持ちのリゾート地という風情のところである。

某ホテルのレストランで昼食。ここで出た魚の料理はうまかった。過去二回ともそうだったので、私はインドではろくに食事が食べられない、そして少し食べただけなのに必ず腹痛をおこす、という二つを覚悟していたのだが、今回はどこでも案外おいしく食べられたのだ。そして、ついに腹痛をおこさなかった。同じツアーのメンバー十七人が、全員最後まで元気だったのである。なぜだろうか。南インドの料理は日本人の口に比較的合うのかもしれない。

五つのラタ（山車）の石彫寺院や、海岸寺院などを見物する。海岸寺院は文字通り海岸に建っていて、だいぶん波で浸食されていた。そこがなんとなくムードがあっていいわけである。

ところで、インドを旅しながら私は、例によって同行ツアーのメンバーをついつい観察してしまっている。インドへ来て日本人を見ることはないんだからよせ、と思っていても見えてしまうものは見えちゃうんだからしょうがないのである。我ながらつまらない性分だと思う。

私はこの旅の間、謎の自営業者ということで通した。

十二月三十日　このツアーは、前半のスケジュールがかなりハードであった。朝の四時半にモーニング・コールがあり、朝食を食べ、六時半にホテルを出発、なんて日が続くのである。

マドラスの空港へ行き、バンガロールという内陸の高原にある町へ飛ぶ。今回の旅では、飛行機に乗る際には必ず、カメラから電池を出して、カメラと電池を別にしなければならないのだった。爆弾テロを警戒しているのだろう。しかし、新しい町に着けばみんな写真を撮りたくなるわけで、空港でスーツケースから電池を出してカメラに入れたりする。何度もそういうことがあって、みんなＦ１レースのピットのクルーのように手早くそれをするようになっていくのが、面白かった。

バンガロールは、インドのシリコン・バレーと呼ばれているコンピュータ及びその他の産業の栄えたところで、緑の町と称されるのもうなずけるという、木の多い町だった。インドでは、木が実に見事にのびのびと茂っている。日本の木がいじけて見えるほどである。

ものすごい大木が道端にゆったりと茂っているのを見て、私は思わず、「この木なんの木よくある木」と歌ってしまうのだった。

さて我々はバンガロールをろくすっぽ見ず、バスでマイソールという町へ向かう。二百五十キロのバスの旅だが、道がガタガタでバスはとてつもなく揺れるのであった。一番後部の座席にすわっていた私と妻は何度も体が宙に浮かんでしまうのだ。インドへ来れば誰でも空中浮遊ができるのか。

おまけにバスは途中でパンクまでした。インドの底力は失われていない。そういうわけで、マイソールのホテルに着いたのが三時半。四時から昼食である。朝食が午前六時で、昼食が午後四時というんだからすごい。

そのあと、マイソール市内のマハラジャ・パレスを見物。マハラジャが十八世紀に建った自分の王城の一部を公開しているものだ。王様だけがこんな豪華なところに住んでおってはいかんよなあ、その上侵略者であるイギリス人側についちゃってなあ、という文句のひとつも言いたくなるような立派なパレスであった。

チャームンディーの丘にあるシュワリ寺院を見る頃はもう陽が落ちてしまっていた。


十二月三十一日　またしても四時半起きの、六時半出発。バスで、シュラヴァナ・ヴエルゴラというジャイナ教の聖地へ行き、岩山の上の寺院を見る。六百二十段も階段があるというので、私たち夫婦はかごに乗っていく方法を選んだ。アメリカ人観光客などとくらべて体重が半分くらいしかなさそうな私を見てかごかつぎ係は嬉しそうに大笑した。でもチップはばっちりとられた。

次に、シュリランガ・パトナムという川の中州の町へ行く。ここにはかつて、マイソール王国のティプー・スルタンの王城があったのだ。このティプー・スルタンは最後までイギリスに屈することなく戦った王で、ついにはイギリスに負けて死ぬのだが、とにかく抵抗を貫いたのだ。偉い。

近くのレストランで弁当持ちこみの昼食をとり、隣の席のインド人の若者三人組と会話を交したりした。

ところで、この旅の始まってすぐの頃に、妻が私に言ったギャグがあまりに玄人向けに傑作なので、私たちはインドを歩きながら折にふれそれを口にしあって笑った。

そのギャグのセリフとは、

「ほんまはハワイに行きたかったあ」

次に行ったソムナートプル・ケシャヴァ寺院は、上から見ると星型をしているヒンズー教寺院。壁面にびっしりと浮き彫りにされている神々や動物の彫刻が細かくて見事である。妻は、カジュラホの彫刻よりもここのほうがすごいと言った。

夜は、ホテルでのニュー・イヤー・イブのパーティーである。紅白歌合戦はどうなっておるのだろうと思いながら、我々はインドで大晦日を送るのだった。パーティーは夜中の一時まであるのだそうだが、翌日が四時起きの我々は早々に寝た。妻の風邪はとりあえずおさまったようである。

一月一日　ホテルを出たのが五時半。バスでバンガロールへ向かう途中で、デカン高原（の最南部）に昇る初日の出を見る。

バンガロールに着いてみると、飛行機が二時間半遅れで空港でただただ待たされる。今回のツアーのメンバーは、珍しい南インド・コースをまわろうという人たちだけのことはあって、ほとんどがインドは二回目とか、三回目という人たちである。だから飛行機の遅れぐらいでは少しも驚かない。インドだものそれが普通よ、なんて言っている。

というようなことがあって、ともかく、飛行機で西海岸側、つまりアラビア海側のコーチンへと飛んだ。今回の旅での最南部である。もちろんそこも冬なのだが、三十五度くらいの気温があり、しかも海が近いせいでむし暑い。朝晩は多少しのぎやすいが、インド人はその朝晩のことを、めっきり冷えこみますなあ、と言っているのであろう。

夜、ケララ州の伝統的宗教舞踊だというカタカリ・ダンスなるものを見に行くが、これが実にどうも、しょうもないものであった。

一月二日　このあたりから、スケジュールが少しのんびりしてくる。八時にホテルを出て、アレッピイという田舎村へバスで行き、バック・ウォーターと呼ばれている運河をクルーズした。大水郷地帯だと思えばよい。網の目のように運河がはてしなく続き、枝分かれして、陸地にはヤシやマンゴーの木が緑濃く茂っているのだ。そこを、観光船の屋根の上に出て、ゆったりとすべっていく。実に南国的で、いい気分になることができ、このツアーのハイライトであったが、すっかり陽に焼けてしまった。

運河を、バス代りに走行しているような船もあり、停留所もあちこちにある。小さな陸地のひとつに小学校があったりもする。この水びたし地方にも人々の生活があるのだ。遥かである。

午後にはコーチン市内に戻り、セント・フランシスコ教会（アジアで最初のキリスト教教会）を見る。ダッチ・パレスという、十五世紀にポルトガル人に建てられ、後にオランダ人に拡張された宮殿を見る。そのあと、ユダヤ教会（シナゴーグ）を見る。

このあたりでは、ヨーロッパ人の足跡を多く見ることができ、他のインドとは少々色あいが違うわけである。

ガイドのシャルマさんは、とても熱心な人だったが少々日本語がつたなかった。そのシャルマさんが、「十六世紀にここへ来たポチギス人が教会を建てました」なんて説明する。

するとそれを、手帳に真面目にメモする人が五人くらいいた。こっそりのぞいてみると、ホチキス人が来て建てた、なんて書いている。

さて、ホチキス人とはどこから来た謎の民族なのであろうか。私は笑いをかみ殺すのに苦労した。ホチキス人の正体は、もうおわかりの人もいるだろう、ポルトガル人のことである。

一月三日　コーチンの空港から、ゴアへ飛ぶ。誰が呼んだか知らないが、黄金のゴア、である。午後、ゴアの市内観光。あ、違うか、ゴアというのは都市名ではなく、自治区の名であって、その首都はパンジムである。

まず、ボム・ジェス教会を見物。ここに、日本に来て有名なフランシスコ・ザビエルの遺骸が安置されているということを、私は最近になってテレビの特別番組を見て知ったのだが、それがあった。一般には公開してないんじゃないかな、という予想を裏切って、私たちもそれを見ることができたのだ。ただし、高い台の上にあるのを下から見上げるので、ほっぺたのあたりをチラリと見ることができただけであったが。

すぐ近くの、セ・カテドラルという巨大な教会も見物。ただしこの日は、陽がカンカン照りで木陰もろくになく、みんな暑さでぶっ倒れそうになっていた。

そのあと、パンジムの繁華街で、土地の人の集まるバザールの中を、迷子になりそうになって歩いたのだが、むっとするほどのインドを見たい、という人には大いに面白かったであろう。八百屋や魚屋や香料屋や花屋や、ありとあらゆる店がひしめくように集っているのである。そこを日本人がぞろぞろつながって歩いて写真を撮りまくる。たまげた光景である。

その夜のホテルは、ポルトガル人が造ったアグアーダ砦にほど近いリゾート・ホテルで、私たちの部屋は、ジープで運ばれて行くいくつかのコテージのひとつだった。リゾート気分満点の、まことに気持のいいコテージである。ここへ二泊したかったなあ、というのがみんなの一致した感想であった。

一月四日　ホテルでゆったりと海をながめて朝食。そのあと私たち夫婦は、アラビア海に足先だけつかってみた。

空港へ行き、振り出し地点のボンベイへ飛ぶ。空港から、ホテルのあるインド門の近くまで行くのに、道が渋滞してとんでもなく時間がかかる。ボンベイはインド第二の人口を持つ大都市なのである。

一月五日　朝、ホテルのすぐ前の、インド門へ行って見物をする。今世紀初め頃、イギリスのジョージ五世がここから上陸したことを記念して建てられた門で、映画「インドへの道」にも写っていた。

私たち夫婦はここで、こっそりとあることをした。二年前に突然亡くなった妻の母の、翡翠の指環を、さりげなくアラビア海に投じたのだ。インドが好きで、ボンベイに来たこともあるその人の、供養の意味をこめてだった。

それが私たちの、三回目の（妻は五回目）インド旅行の目的でもあったのだ。目的は、こっそりとはたした（大っぴらにやると乞食などが寄ってきて騒ぎになるかもしれない）。さあ、もう帰ろうよ、という気分になる。

そのあとボンベイ市内をちょっとだけ見物し、空港へ来て、帰ることになった。しかしインドでそうスムーズに事が進むはずはなく、ストだとかいう理由で飛行機の離陸は四時間半遅れたのである。

私たち夫婦は顔を見合わせてこう言った。

「ほんまはハワイに行きたかったあ」

第六室——過去

父のたばこ

こちらがそれに気がつく年齢になった頃、父は「しんせい」を吸っていた。昭和三十年代のことである。

お父さんは一家の大黒柱、というような観念のある家庭で育った私にとって、たばこを吸うことも含めて父は立派で恰好よく、従ってたばこも恰好のよいものであった。どてら姿でこたつに入り、ゆったりと煙をくゆらす父に、できる男のロマン、のようなものを私は感じていたわけだ。

その「しんせい」が、「いこい」に変ったのは、慶賀すべき出世というものだった。「いこい」は渋くて落ちつきのあるデザインで、四分休符が描かれているのもイキであった。

吸い終えたたばこを消すやり方が、父は独特だった。灰皿の縁に火のついた部分を押しあて、人さし指の爪の先で、燃焼部分と非燃焼部分のさかいをねじちぎるのだ。それは傍目には指先が熱いんじゃないかと思える方式だったが、熟練している父はいとも簡単にやった。ポトリと灰皿の中に落ちた赤い首は、すぐに燃えつきて消える。

いつまでも煙を出し続けることのない、それは手際のいいやり方だった。

後年、私もそのやり方を真似てみたことがあるが、指先が熱いばかりで、どうもうまくいかなかった。赤い首がまだ燃えていないたばこをぶら下げて落ちたりして、かえって盛大にくすぶったりするのだ。

思い出してみると、父の右手の人さし指の爪は少し黄色く変色していた。たばこの火を消して何十年、という間に、おのずとついた貫禄の色と言うべきであろう。昨年亡くなった父の、あれは大人のしるしだったなあと考えたりする。

その父が、晩年によく〝たばこ有益論〟を力説していた。たばこは精神をリラックスさせ、思考のリズムを整えるもので、仕事の合い間などに実に必要なものだ、と言うのである。今現在吸わない人に吸えとは言わないが、吸う人にやめろというのはとんでもない暴論ではないだろうか。無理にやめれば害のほうが多いかも知れない。

そういう論である。私も、おおむねその意見には賛成である。

ただし、年を取って父も少々話がくどくなっていた。この論を始めると、相手が誰であれ三十分はかなりの勢いでまくしたてるのである。そういうわけで、みんな少々辟易としていたものだった。

私は、ふっと緊張がゆるんだ時などに、さあくつろいでいいんだよと脳ミソに言いきかせるために、ゆったりとたばこを一本吸うのが好きである。あれが一番うれしいたばこだ。

なお、父が亡くなった原因にたばこは関係しておりませんので、念のため。

母との口論時代

男は誰だって少しずつマザコンなのであり、私もその程度にはマザコンだ。私のマザコンは、母とは意思の疎通をはかりたいものだ、という願望になっている。おふくろにはわからんよ、ということになるのではなく、なんとかおふくろにわかってもらいたいと思うのである。

中学生から高校生の初めの頃にかけて、私は非常にしばしば母と口論をした。喧嘩ではなくて、議論をしたのだ。

なまいき盛りの私が、わかったような口をきくと母は必ずたしなめた。つまり、世の大人のことをなめたように評したり、ある種の大人を、あれはバカだから、などと言うわけだ。それが青年だとも言えるが。

すると必ず母が、そういう口のきき方をするものではない、と叱った。叱られると私は、ムキになって議論した。いや、これは別にひとをバカにしているのではなく、正当な評論をしているつもりなのだから、悪事のように叱らないでほしい、と。大真面目に、その評論を展開したりした。

母は、自分をそんなに利口だと思っているそこがいけない、なんて言った。私は、自分はこのぐらいに利口なのであり、そこから当然の評論をしているだけなのだから、根性の悪い子だというような受け取り方をしないで下さいよ、なんてことを熱心に言った。

振り返ってみれば赤面するしかないのだが、とにかく、私は母にそんなことを熱心に言う息子だった。おふくろにはわからんよ、という言い方をしたくなかったのだ。

そういう口喧嘩をしている私のことを、弟（これはまた別種のマザコン）は、なんでお母さんに真剣にしゃべるんだろう、変な奴、というような目で見ていた。

そのうち、ドンデンがきた。高校三年生ぐらいの時に、いきなり、おふくろの言ってることも正しいよ、と思えたのだ。庶民レベルの道徳観、と言えばおとしめた言い方だが、それは概ねその通り正しいのだ、という気がした。そして、その正しさの上に、真の評論は積みあげられるものだろう、という考え方が生まれたのだ。

私は母に、その通りだよね、と言う息子になった。そして十回に一回くらい、それはそうなんだけど、この場合は別の要素もあるのでそれにも留意しないと、という言い方をする息子となった。

そして、私と母は議論をしなくなった。いつの間にか、母は私の言うことに耳を傾けてくれるようになり、私にはわからないんだけど、と謙遜したりする。

いや、お母さんはわかってますよ、お母さんの考えで正しいですよ、と私は言いながら、自分の意見もちゃんと伝える。いつの間にか私は大人になっていたわけで、母を教育したっていいだろう。

今の私は母といろんな話のできる息子である。話をするぐらいの親孝行しかしていない。

電化製品のころ

電球のころ

エジソンが白熱電球を発明したのが一八七九年で、いまから百年とちょっと前である。おおざっぱに言って、二十世紀に生きる人間は電気のおかげで快適な生活を送れている、ということになるだろう。

家庭の中に電気製品が次々に入ってきたという意味では、日本ではそれは太平洋戦争後のことになる。敗戦で何もかも失ってゼロからやり直したあの時から、日本人は大いに働いて、ひとつずつ電気製品の数を増やしていったのだ。そして今では家の中は電気製品だらけで、中には説明書を読んだだけではうまく使いこなせないくらいややこしい機械まで持っている。どえらいことになってしまったものだ。

私もかろうじてそこに含まれるが、私より一まわりほど年配の人にとって、人生は新しい電気製品の購入の歴史だったと言えるほどである。

その人生の、スタート時にあったのが電球だった。戦争が終わってもう灯火管制はなくなり、好きなだけ明るくしてよくなったのだが、あのころはよく停電した。ちゃぶ台の上にろうそくを立てて食事をしたこともある。暗くて、大きな影がゆらゆら動いて、ご飯の味がいつもとはまるで違って感じられたものだ。

いや、停電じゃなくて電球をつけていても、あのころは暗かった。もともと四十ワットぐらいの電球で薄暗く、その上、電気の笠というものがあって光をさえぎるから天井などは真っ暗だった。それがあのころの夜の風情だったのだ。便所の電球なんて一十ワットぐらいで、つけたって少しも明るくなくて夜の便所はこわかった。

そういう薄暗い電球の下に、一家の団欒《だんらん》があった。やや赤味がかった電球の明かりの下に、貧しいながらの平和があったのだ。戦後の日本はあの薄暗さの中からスタートしたのである。

ラジオのころ

ラジオというものは、戦前から各家庭に普及していた。人々はラジオで開戦の大本営発表をきき、数年後に、敗戦の玉音放送をきいたのだ。雑音がひどく、時々何もきこえなくなるので横っ腹をひっぱたかなければならないラジオだったが、情報の通信手段としては重要な機能をはたしていた。

そして、戦後はそのラジオが、食糧の配給情報、引きあげ者情報、たずね人の情報を流したのである。食べていけますか、なんていうテーマの街頭インタビューも流した。

ただし、以上のことは私にとってあとから得た知識である。私が物心ついたころは社会もいくぶん安定してきており、ラジオは人々に娯楽を提供するメディアであった。

「ヤン坊ニン坊トン坊」とか「おねえさんといっしょ」なんていう子供向け番組を楽しんだことを覚えている。「一丁目一番地」などのように、今でもテーマソングを歌えるものもある。そして、もう少し大きくなってからは「紅孔雀」「笛吹童子」「赤胴鈴之助」「少年探偵団」など、子供向けドラマをわくわくしながらきいたものだ。

テレビが各家庭に普及する前、ニュースも音楽も落語もスポーツも、ラジオが伝えてくれていた。この映像時代には不思議に思えるようなことだが、相撲だってプロ野球だってオリンピック中継だって、人々はラジオ放送で楽しんでいたのである。

「ピッチャー振りかぶって第三球、投げました、打ちました、大きい大きい、入るか、入るか、入りましたホームラン」

川上哲治の活躍などは、ほとんどの人にとってそういうラジオ放送で楽しむものだったのだ。そして、その放送には映像がないのだけれど、きく人の頭の中には、どんな極彩色の映像よりも豊かな、確実な空想の絵があったのである。ラジオはエキサイティングな情報メディアだった。

ヒューズのころ

戦後すぐの特殊なエネルギー事情下で、ガスも薪《まき》も炭も不足していた頃、軍需産業の停止で電力が余っていたのだそうである。そこで、電熱器というものが大いに売れたらしい。

渦巻き状の溝にニクロム線という、電気を通すと赤くなって発熱する金属線がはめてあって、煮炊きに使った。この電熱器は私も幼い頃祖母の家で見たことがある。同じ頃に売り出されたという電極式パン焼き器は見たことがないが。

とにかく、電熱器の思わぬ人気で、その当時よく停電が発生したんだそうである。電気というのは熱として利用するのが一番消費量が大きいから。仮に停電までにはならないとしても、しばしばヒューズがとんだだろうなあと、想像できるのである。

そう、ヒューズというものがあった。いや、ヒューズは今でもあるのだけれど、ブレーカーの時代になってヒューズをとんと見なくなってしまった。規定値以上の電流が流れると溶けて電流をストップさせるもの。昔は各家庭の玄関あたりの高いところに必ず白い陶磁器製のヒューズ・ボックスがあって、電気が止まるとろうそくの火でそこを点検してみたものだ。それが今はブレーカーが自動的にオフになって風情がない。

ヒューズというのは、家庭の主婦や子供にも取り換えられるものであった。鉛などの合金製で、ただの針金みたいな糸状ヒューズ、両端にツメを持つツメ付きヒューズなどの種類があった。

まずヒューズ・ボックスの蓋《ふた》を外す。もう電流は流れてないんだからこわくないんだよ、と教わってドライバーで溶けてしまった古いヒューズを外し、新しいのを取りつける。そして蓋を戻して、ガチャリと取りつけると家中の電灯がパッとつく。子供ながらに、大変な活躍をしたような感激が味わえたものだ。

トースターのころ

近頃は学校給食で、パンの日よりもご飯の日のほうが多いのだそうだ。時代は変わるものである。私が小学生だった頃には、アメリカから小麦粉の援助があったせいで、もちろんパンであった。ついでに言うと、あの時同時にあの悪名高い脱脂粉乳の援助もあったのだ。

とにかく、パン食が大いに行われていたので、トースターというものが比較的早く普及した。いや、トースターそのものは、戦前からとっくにあったのだが。私の祖母の家には、パンの片面ずつを順に焼いていく旧式のトースターがあったものだ。

で、昭和三十年頃にかなり普及したトースターというのは、パンを二枚一度に入れて、両面同時に焼けるタイプのステンレス製のものだった。本体の耳のようについている取っ手を押し下げると、焼けたパンが持ち上がって顔を出すというやつで、自動的にポンととび出すやつではない。それが出まわるのは更に十年後。

底板がドアのように開くようになっていて、たまったパンくずを落とし、内部を掃除できるのだった。よくそういう作業を手つだわされたものである。

というのは、あの頃トースターは、家にあるうちで一番高級な電気製品だったのであり、決しておろそかに扱ってはならぬ貴重品だったのだ。まるでアメリカみたいな、モダンでハイセンスな生活をもたらすもの、それがトースターだった。

だから私の母は、トースターのステンレスのボディーをいつもピカピカにみがきあげていた。トースターというものは、ちょっとゆがんでではあるが、顔が映る鏡のようなものだった。その上母は、トースターに服を着せた。つまり、それ用のカバーを作って、おごそかにくるんでいたということだ。パンだからアメリカであり、トースターだから文明だなあという時代だった。

アイロンのころ

大学を卒業後上京して、四畳半一間の下宿で一人暮らしをするようになって、私は初めて自分のための アイロンを買った。それはもちろん、自分で洗濯したワイシャツの衿《えり》や袖《そで》口をピンとさせるためであり、はき続けているズボンに折り目をつけるためであった。ポリエステル混だからこそワイシャツを自分で洗うことができたのだが、それだけでは衿などがくしゃくしゃであり、よいサラリーマンとしては問題があったのだ。

その頃にはもう蒸気アイロンがあり、そっちのほうが主流だったが、私は一番安い、ただ鉄の底が熱くなるだけのものを買った。それならば家にあったのと同じで、なじみがあったのである。

アイロンは古くからどの家にもある電気製品だった。そしてそれは、主婦が時にはシーツにコテ型の焼けこげを作りながらも、自在に使いこなせるものとしてあったのである。

故障なんかしたって、主婦は平気でアイロンを分解し、ここでコードがうまく接触してないんだわなどと、余裕たっぷりに直してしまうのであった。それぐらい濃密なつきあいだったのである。

ところが今、アイロンが壊れたからといって分解してもムダである。その中はいつの間にかハイテク・メカになっており、手も足も出ないのだ。主婦としては知らないうちに自分の夫がロボコップになっていたようなショックを味わうのである。

独身時代の私はアイロンかけがだんだんうまくなっていった。何にでも、コツがあり上達の道があるのである。ある時、母が私の下宿へやってきて、うらやましそうに、こんないいアイロン台を持ってるの、と言ったりした。

やがてアイロンはますます進化し、近頃ではコードレスにまでなってしまった。そして私はアイロンかけをしなくなってしまった。

蛍光灯のころ

電球が、多くの家庭で蛍光灯に取り換えられたのはいつ頃のことだったろうか。私の記憶では、まだ小学生の頃で、つまり昭和三十年代の半ば頃である。あの時、世の中の夜の明かりがほとんど一斉に、黄色っぽいものから白っぽいものに変った。他の電気製品にくらべて、蛍光灯の普及は速く、ほとんど同時にどの家もがそれにしたのだ。なぜならば、それにしたほうが今までより明るいのに、電気代は安くなるからである。天井からぶら下げる蛍光灯装置を買わなきゃいけない分を差し引いても、それは今までのものより経済的だった。だからすぐに普及したのである。

このことを原理的に説明すると、白熱電球というものが、加えた電力の六〜七パーセントしか光にならないのに対して、蛍光灯は二〇パーセント以上が光になるのである。だから、今までの六十ワットの電球を三十ワットの蛍光灯に替えても、そのほうが明るいのだ。電気代が半分になってしかも明るければ、みんなそれにするわけである。

当時の蛍光灯は、今のように点灯管（グロースターター）のついたものではなく、手動でその代わりをしなければならないものだった。つまり、スイッチのひもを引いて、そのまましばらく待つのだ。そして、蛍光灯の両端がジーッと赤っぽく光ったところで、パッとひもをはなす。すると部屋は今までにはなかった白っぽい光で煌々《こうこう》と照らし出され、それまでは暗くてなんとなくこわかった天井までもが安心の世界になった。

というわけで、あの頃、物事のわかりの鈍い人、反応の遅い人のことを、蛍光灯と呼ぶ悪口が生まれた。私は蛍光灯だから、言われてもピンとこなかったわ、なんて具合に使った。スイッチを引いてもすぐにはつかなかったところからくる、味のある、懐かしい言い方である。

電気釜《がま》のころ

家庭電化ブームというのは昭和三十年頃、電気洗濯機や電気釜が徐々に普及し始めた時に言われた言葉である。「月がとっても青いから」や「別れの一本杉」がヒットした時代のことだ。

電気釜というのは、一度使ってしまうともう絶対にそれなしの生活には戻れないものだった。いや、何でも便利な道具はそうなんだけど、電気釜が日本の家庭の台所にもたらした変化はとても大きかったのだ。それ以前には、人々はお釜でご飯を炊いていたのだから。

多くの家庭ではガス・コンロで、まれにはかまどで、お釜でご飯を炊くという文化があの時失われ、台所のイメージがガラリと明るくなったのである。

我が家でも、よそよりはちょっと遅れてだったが電気釜が台所に登場し、食卓からおこげというものが姿を消し、お釜でご飯を炊くという技術が消滅した。なかなか高度で、味わいのある技術だったのに。

米をよく研ぎ、水の量を決める。てのひらで米を押すようにして、手首までの水加減がベストなのであった。そして、初めチョロチョロなかパッパ、親が死んでもフタとるな、のセオリーに従って、米粒が立ってとてもおいしくて、底におこげがこびりつくご飯が炊けたのだ。お釜のフタというのはとても重くて、立派なまな板になるようなものであった。

それが、電気釜の登場によって、姿を消してしまった。まだタイマーもなく保温能力もなく圧力釜でもなかった当時の電気釜は便利なものではあったがヘコヘコしていてあまり貫禄《かんろく》がなかった。世の中にチャチャチャのリズムが流れ、一円玉が初登場し、やがて太陽族が出現しようかという頃、一度はトースターによって主食の座をおびやかされかけたご飯が、電気釜の登場により息をふき返したのである。だが、かまどは姿を消してしまった。

洗濯機のころ

昔、我が家に初めて洗濯機が来た頃にね、という話を始めると必ず四十歳以上の人は、ああ、あの手回しのしぼり機がついてた洗濯機だね、と言う。あれはなつかしいなあ、と。

あのしぼり機はよかったなあ。よくあれを使って洗濯物をしぼる手伝いをさせられたなあ。趣があったよねえ。今の脱水機なんてあんなやたらにものをふり回すのは下品だよねえ。なんてことになって話はつきることがない。昭和三十年代の洗濯機の、ローラー式のしぼり機はそれほど人の心に強く残っているのだ。

それというのも、あの装置というのが、まことに理にかなっていて、一目瞭然、実にもって納得できるなあ、というものだったせいである。だんだんに家庭の電化、機械化が進んできて、わけのわからないものに取り囲まれていく時代の中にあって、あのしぼり機だけは誰でも理解できた。これぞ、なるほどと思わずうなっちゃうぐらいの知恵ある工夫というものだ、という気がしてつい愛してしまったのである。

二個のゴム・ローラーの間に濡れた洗濯物をはさみ、ローラーをぐるぐる回すとしぼられて反対側から出てくるというあの簡単さ。それはなんだかやけに楽しい作業なのだった。

ただし、あの装置にも問題点はあった。長袖のシャツかなんかを端からしぼっていくと、その袖がお父さんのももひきとからまってたりして、更にももひきがタオルをひっかけて団子状になってたりすると、ついにローラーの間を通り抜けなくなってしまうのである。前進不能だ。やむなくローラーを逆回転させて洗濯物を水の中に戻すあのくやしさ。

なんてことがあったりして昔の洗濯機というのは面白かった。そんな洗濯機でも、たらいで洗っていた時代に比べれば格段に便利で楽で、主婦たちは暇をもてあますようになっていったのである。

テレビのころ

たとえば、「テレビが来た日」という題名で作文を募集したら、すごく多くの、鮮明な思い出が綴られた作品が集まるんじゃないだろうか。物心ついた時から茶の間にテレビのあった若い世代の人間は別として、今、中高年の人にとっては、テレビが家に来たことは人生の中のエポックだったのだ。

我が家に初めてテレビが来たのは昭和三十四年で私が小学五年生の時だった。その年にテレビを買ったというのはまことに標準的なことで、それは今の天皇が御成婚した年で、日本にテレビが本格的に普及した年なのである。

電器屋さんがテレビを運んできてくれて、チャチなあのウサちゃんの耳のような室内アンテナなどをセットして、ゴブラン織りのテレビ幕をたくしあげて、スイッチを入れた時に映し出された番組が何だったのかということまでくっきりと覚えている。それはＮＨＫのジュニア向けドラマ「ホームラン教室」だった。

もちろんそれ以前にも、街頭テレビや、お風呂屋のテレビや、近所のお金持ちの家のテレビで、プロレスや相撲や月光仮面は見ていたのだけれど、ついに自分の家にテレビのある時代に突入したのだ。そしてそのことは実は、時代と文化の大きな変り目だったのだ。テレビによってもたらされたものの多さと、それによって消し去られたものの多さを思うと、びっくりしてしまうほどだ。社会の、歴史的な節目を体験したのだなあと痛感する。

大きく言えばあの時点から我々は情報化社会に突入したのである。真のマスコミ時代、大衆文化の時代に入ったとも言える。テレビには、すべての人間を同レベルに低くしてしまうようなすごいところもあるのである。

しかしまあ、テレビが来たことは喜びだった。ネジ式の脚が四本ついていて、ブラウン管がやけに丸いテレビであっても。

冷蔵庫のころ

冷蔵庫ってなんとなく小母さんっぽいと思いませんか。日本語にもし文法上の性があるとするなら、冷蔵庫は女性名詞だという気がするなあ。花子とか幸恵なんていう名前をつけて呼びたくなるじゃないですか。少なくとも冷蔵庫に健太郎なんていう名をつけるってことはないでしょう。

一日中小さくジーッとうなってて、なんだか私耳鳴りがするのよ、なんてコボしていて、時々それがおさまる時にブルルンなんて震えたりする少々太った小母さん。それが冷蔵庫である。

我が家に初めて冷蔵庫が来たのは一般よりやや遅れて私が高校生の時で、つまり東京オリンピックの頃だった。それまでは夏場には冷蔵庫のある隣から氷をもらっていて、それを魔法瓶に入れて冷たい水をこさえて暑さをしのいだのだった。我が家では長い間、氷水の入った魔法瓶をゆさぶると中で氷があたって立てるチリリンという音が、風鈴代わりの夏の風物詩だったのだ。その冷たい水とワタナベのジュースの素《もと》で製造したオレンジ・ジュースはうまかった。当時はそれが十分においしかった。

外国テレビ映画を見ていると、主人公の少年が台所にある巨大な冷蔵庫から一リットルぐらいは入っていそうな大きな牛乳瓶を無造作に取り出し、コップになみなみとついで一気に飲んだりするのだ。それを見て、うわあリッチだなあと思いながら、こっちはワタナベのジュースの素。でも、こっちにも冷蔵庫はある時代になったのだ。冷やした麦茶を入れた、冷たい汗をいっぱいかいた丸くて黄色いやかんは消え去りつつあった。

電器店用語では、冷蔵庫や洗濯機などの台所周辺主婦用電気製品をシロモノと呼ぶ。主に白色であるからだ。そしてこのシロモノには、なんとなくお母さんの香りというものが漂っているような気がする。

トランジスタのころ

私が高校受験のためにいやいやながら勉強していた昭和三十六年頃、電器業界はトランジスタの時代に突入し、ラジオが胸ポケットに入ってしまうほど小さなものになった。要するに真空管の時代が終わったということだ。

トランジスタという言葉は、小さくて魅力的な、というような意味の流行語になり、「東京ドドンパ娘」を歌った渡辺マリはトランジスタ・グラマーと呼ばれた。

その頃の若い娘っこはトランジスタ・ラジオでFENのヒット・チャートに耳を傾けたり、「悲しき街角」「悲しき片想い」「悲しき雨音」なんて曲をリクエストしたりしていた。やたら悲しい歌が流行したのである。

思えばあの頃は、電気製品のコンセプトが〝小さくできる〟ということ一本にしぼられていたようで、家庭内にどでかいテレビが導入された今日から見ると不思議な気がするほどだ。小さくできるのは技術が高度だからで、それができるのは我が日本であり、日本製品は優秀なのだ、世界中に売りまくるぞー、というわけで、高度経済成長時代の幕開けのきっかけになったのがトランジスタだったのだ。

だが実はその頃私にはトランジスタ・ラジオは買ってもらえなかった。それより安いゲルマニウム・ラジオというものを自分の小遣いで買った。いわゆる鉱石ラジオというやつで、スピーカーがなくてイヤホンできかなければならないそのラジオは五百円ぐらいであった。

私は机に向かって勉強しているふりをして、こっそりとそのラジオをきいたりした。その時ヒット・チャートの上位曲は映画主題曲の「太陽はひとりぼっち」や、ナンシー・シナトラの「レモンのキッス」だったりした。

でも、そうこうしているうちに日本のトランジスタは世界を席巻《せっけん》し、今の、信じられないような繁栄が築きあげられていったのである。おそろしいほどだ。

掃除機のころ

まずハタキで障子の桟や、茶簞笥《ちゃだんす》の上などのほこりを払い、それから箒《ほうき》でゴミを縁側から外へ掃き出す。これがその昔の掃除のしかただった。当然のことながら、庭に面したガラス戸などは大きく開けはなってあった。

ところが、電気掃除機の出現により、その常識がくつがえされたのである。ゴミを吸ってしまうという新しい考え方は、戸を開けないで掃除するという新しい生活文化をもたらしたのだ。もちろんのこと、ホコリが多い時には湿らせた新聞紙をちぎってまくという裏ワザも消滅した。四角い部屋を丸く掃くというサボリのテクニックもなくなった。

私が自分用の掃除機を手に入れたのは比較的後になってからで、上京して独身生活をして五年目くらい、一九七六年頃のことである。四畳半一間から、1DKのアパートに越した時に、会社の先輩が、うちも越すから、吸い込みが弱いけど古い掃除機をあげるよ、と言ってくれて、まるでお釜のような形の古い掃除機をもらったのである。確かにそれは、ゴミをあまり吸わなかったけれど、ないよりはマシだというので、六年ほど使った。

そして、当時の私はバカであった。掃除機の中にたまったゴミは、時々出さなきゃいけない、という当然のことを知らなかったのだ。どんどん吸引力が弱くなるものを、それでもムリヤリ使用した。吸ったゴミは異次元空間へでも放出されると思っていたのだろうか。

だが、ゴミは異次元空間へは行かず、ひたすらお釜のような本体の中にたまっていったのである。おそらく、その中は強く圧《お》し固められたゴミが、おそるべき密度でつまっていたに違いない。

そしてある日、とうとう物質は極限にまで圧力をかけられ、空間がゆがみ始め、すべてのものを吸い込んでしまう小さなブラック・ホールに……、なってしまわなくてほんとによかったと思う。

ステレオのころ

ステレオのことを書く前に、本当はポータブル・プレーヤーのことを書くべきだろう。ぜんまい式の蓄音器がさすがに骨董品になってきた頃、ペコペコのプラスチック製の、簡便な電蓄が、若い子の間にかなり普及したのだ。中学三年の時の私の友だちは、そのポータブル・プレーヤーで、坂本九ちゃんやザ・ピーナッツや森山加代子を聴かせてくれた。

しばらくして私も小遣いをためて同様のものを買い、これはきいただけで懐かしい名称だと思うが、ソノシートの映画音楽名作集などを聴いたものだ。

その次が、ステレオの時代、ということになる。時はまさに高度経済成長の時期にさしかかろうというところ。ゆとりのある家庭には、木工家具みたいな重厚なステレオがどでんと置かれるようになったのである。我が家にはステレオがなかったが、友だちの家へ聴かせてもらいに行ったことはある。

プレーヤーもチューナーもスピーカーもすべて一体となった、なんだか横長のデザインのステレオは、当時やけに立派に見え、豊かさの象徴のようであった。私などは、初恋の相手の家にあの木調ステレオがあると知って、ひけめを感じて恋をあきらめたほどである。

レコード盤を何枚も続けてかけられる装置がついていたりして、まるでジューク・ボックスが家庭に攻めてきたようなものだった。デザインはどんどん高級っぽくなり、まるで京都の民家の窓の桟のように、工芸品的な味わいすら漂わせた。六〇年代の後半のことである。

これが七〇年代になると、一体型ステレオよりモジュラー・タイプのほうが恰好いい、いや本格的なコンポーネント・タイプがいいのだ、なんて話になっていく。そして今ではレコードというものが消滅してしまった。世の中は変るのだなあ。

電気ごたつのころ

いろんな生活用品が次々に電気製品になっていって、それはもちろん便利なことではあったが、反面、風情が失われていくことでもあった。その中でも、こたつが電気になったのは、少し残念な気がする。

その前の、やぐらごたつというものが、味わい深いものだったのだ。木製の、桟なんぞのはまった四角いやぐらの中に、灰の容器があってそこにおこった炭。布団をかけて、冬は家中の人間がそこに足を入れて暖をとる。

こたつに入れば、人間はつい寝っころがりたくなる。そして子供は、桟のすき間から必ず足を中に突っこむ。そのほうが暖かいからである。そしてしばしば、炭火で靴下を焼いてしまうのだ。

「きな臭いな。だれか靴下が燃えてるぞ」

「あっ、ぼくだ。アッチッチ」

そういうわけで子供の靴下というのは穴だらけになり、母親がぶ厚い別布をあててつくろうので、ごろごろのパッチワーク作品になってしまっていた。

それが、電気ごたつになって、いきなり何も燃えなくなった。赤いフェルトで囲われた電熱部がこたつの天井にへばりついていて、なんと足の上から暖めるという逆転の発想。そしてそこは赤く光を発していて、多くの人があの赤い光が赤外線なんだなと勘違いをした。こたつは安全になり、自由に足を突っこんでいいものになってしまったのだ。あの時から、日本人は安全について甘く考えるようになったのだ、というのは冗談だが。

そして、独身者にとっては、電気ごたつは机とちゃぶ台と物置台をかねた総合家具であり、年中、四畳半の真ん中に置いてあるものであった。その狭い部屋に悪友が三人も来るとみんなこたつに足を突っこんで寝ることになる。独身時代の私は、こたつ板の上に原稿用紙をひろげ、せっせと小説のトレーニングを積んだものであった。

カラーテレビのころ

雑な風俗史資料などにはしばしばいい加減なことが書いてある。昭和三十四年の当時の皇太子御成婚を機にテレビが普及し、三十九年の東京オリンピックでそれがカラーテレビになった、だなんて。前者は正しいが、後者は誤りである。確かにそのころからカラーテレビの広告は見かけたが、多くの庶民にはまだ高根の花だった。本当の普及は、四十五年の大阪万博のあたりから二、三年かけてである。

その一番遅いタイミングで、当時上京して四畳半一間の下宿生活をしていた私はカラーテレビを買った。もちろん十二回払いの月賦で買ったのである。

若者だったのに、私はステレオ派ではなくて、ダサいテレビ人間だった。テレビで人間を、世間を、世界を見るのが好きなのだ。いやもちろん、「時間ですよ」の風呂屋のシーンをカラーで見たい、という下心もないではなかったが。

とにかく、どん底の貧乏生活の中で私はカラーテレビを買った。そのことは、苦しいけれどもどうにか東京でやっていけそうだ、というヨロコビをもたらすことだった。

で、この先がちょっと書きにくい。つまりその時分の私は、精神的に追いつめられた下積み時代で、ウツ病的気分にあったのである。落ちこみが激しいと言うか。

日曜日、電器屋がカラーテレビを届けてくれるというその日、朝からワクワクと待ち続けているのに、夕方五時になってもカラーテレビは来ない。陽が傾いてカラスがカーカーと鳴いたりなんぞする。

なんだか、やけに寂しくなってしまった。おれがカラーテレビを買うなんて、十年早いということか、なんて思えてくる。今思えばかなり恥ずかしい心境である。

結局、六時ごろにテレビは届いた。そしてそれが、ジーンとしちゃうほど嬉しかったことが、忘れられない。

扇風機のころ

扇風機そのものは古くからあった。戦前から、ちょっとした家には真っ黒の、鉄の四枚羽根がやけにぶんぶん回る扇風機があったのだ。確かに扇風機というのは誰でも思いつきそうな機械で、発明するのにエジソンほどの人を必要としないから。

幼い頃の思い出で言えば、お風呂屋の脱衣所には、天井から吊り下げる方式の大きな羽根の扇風機がゆったりと回っていて、あれは気持ちのいいものだった。最近、インドを旅行した時にはローカル空港の待合室で、ああいう天井から吊り下げる扇風機がなんだかぐったりしたように回っていたが、熱風をかきまぜているだけという感じで少しも涼しくなかった。だがそれも、面白い風情だった。

私が中学生ぐらいの頃には我が家にも扇風機があり、汗だくで外から帰ってくると、アジアジと言いながら、シャツのボタンを外して扇風機の真ん前にすわりこんだものだ。

その頃の扇風機はプラスチックの三枚羽根で、首振り機能なんかがついていた。危ないからよせって言うのに、子供は紙なんぞをカバーの中に突っこんで羽根に触れてパタパタいわせるのだった。

スイッチを強にして、扇風機に対面して歌をうたうのも面白い。声にバイブレーションがかかるのだ。あのせいで少しバカになったような気がする。

社会人になって独り暮らしを始めて、下宿の近くの電器屋で扇風機を買って提げて持ってきたことを覚えている。やけに暑い日で、汗だくになって運んだのだ。

中学生の頃の扇風機と、原理的には何の変わりもないシンプルな機械であった。扇風機のそういうところが朴訥《ぼくとつ》でいい奴だと思う。マイコン付きとか、ファジー付きになって人をまごつかせたりしないのだ。ただモーターで一生懸命回っとりますがな、という純粋なところが、扇風機の憎めないところで、好きである。

クーラーのころ

社会人になって四畳半の独り暮らしの頃に扇風機を買ったことは前項に書いた。ところが、その直後に、予想外の事態が発生してしまったのである。

「清水くん。中古のクーラーを安く買わないかね」という話が持ちあがったのだ。そう言って下さったのは、当時知りあったばかりで、やがて私の師匠ということになっていく半村良先生だった。

半村先生のよく知っている独身の編集者が、今度結婚することになり、今まで使っていたクーラーが不要になった。だから安く買わないか、という話だった。

当時、月給三万円の私には、クーラーはぜいたく品であった。だから、そんなことをしたらバチがあたるんじゃないかという気分と、この機会を逃したらあと十年はクーラーと無縁だぞ、という気分がして、考えがグラついた。で、結局、そのクーラーをわけてもらったのである。

文明の利器は快適であった。クーラーは涼しくて、扇風機とはくらべものにならない。思わず笑いがこみあげてくるほどのものであった。ただし、そのクーラーは独身者用の、室外機なしの一体型であった。湿気を集めた水滴も、本体内のタンクの中にためるという方式で、やけに大きいのだ。百リットルぐらいの冷蔵庫ほどのサイズだった。

四畳半一間に、その巨大クーラーである。私は布団を斜めに敷かなければならなくなってしまった。どうもやってることがマンガ的である。

おまけに私が早計だったのは、クーラーがあればもう扇風機はいらないだろうと考えて、それを友人にやってしまったことだ。クーラーで冷やした空気を扇風機で回す、というのがエネルギー効率的にも正しかったのに。そして、その夏は冷夏だった。

ラジカセのころ

小学生の頃、近所に会社重役なんかでちょっとお金持ちなおじさんがいて、テープ・レコーダーなんてものを持っていたりする。それで、家へ呼んでくれて、声を吹きこんでごらん、なんてやられて。

そうやって初めて自分の声をきいた時に、ゾッとするほどいやな声で思わず真っ赤になってしまい、逃げだしたかった、という思い出が誰にでもあるはずだ（ちょっと決めつけすぎかな）。

でも、テープ・レコーダーというのは確かにそういう、赤面装置であった。私は、この機械には絶対に明るい未来はないな、と思った。

ところが、オープン・リールのテープが、カセットに入り、そしてそれを主に音楽の録音用に使ったところから、事態は一変したのである。ミュージック・テープはレコードと並ぶ音楽録音システムとなり、蓄音機と並んで、ラジオ・カセットデッキ、略称ラジカセが、若者の必携アイテムになってしまった。七〇年代の初め頃である。あの頃、若者は車で海へ行き、肩にでっかいラジカセをかついで、ロックをガンガン流して歩いていたものだ。軟弱な若者は南沙織だったけど。

常に生活の中に音楽のある時代、というものが到来した。ラジカセはテープが二本入るものになったり、後にはCDが入るものにまでなって、どんどん大きくなっていく。それを肩にかついで歩く若者はまるで大工さんの出勤風景のようであった。

それが、再生専用のデッキ、ええい面倒だから商品名で言うが、ウォークマンの出現でまた一変する。もっと小さく、軽いもので、若者の生活は音楽づけになったのだ。

旅に出て、その土地のお国訛《なま》りや、山寺の鐘の音や、風の音には全く耳を傾けず、ずっと自分の好きな音楽にひたっている若者というのは、ひどく損をしてるような気がするが。

布団乾燥機のころ

昭和五十二年に、布団乾燥機というものが発売されて、かなりのヒット商品になったことを覚えている人は多いかも知れない。干さなくても布団がホカホカ、というありがたいものである。

電気製品には、時々妙なものがやけにヒットして、あとで考えるととんだお笑い草、ということがある。たとえば、モチつき機とか、顔洗い機（美顔器）とか、パン焼き機とか、かき氷機など。結婚式の引き出物に温泉玉子製造機をもらって面くらった人もいるはずである。

そういう中で、布団乾燥機はマシな商品である。湿気の多い日本の気候と、布団で寝るという日本人の生活習慣がよく考えられた商品だと言ってもいいだろう。

だが、あのヒットの裏にはそれ以外に、時代性の反映があったというのが私の発見である。昭和五十二年とはどんな年だったか。

それは、ロッキード事件発覚の翌年であり、王選手がアーロンを抜く七五六号のホームランを打った年であり、「ルーツ」とピンク・レディーがブームになり、キャンディーズが普通の女の子に戻った年である。

そういうこの年、「ノンノ」のお姉さん誌として、新しい女性のライフ・スタイルを展開した「MORE」が創刊された。更にこの年、使い捨ておむつのパンパースが試験販売されている。

ね。こういうことはあとから考えると、本当のところがよく見えるんです。要するに、布団乾燥機は、女性が外へ働きに出るようになった、ということと密接につながっている。働きに出て、陽のあるうちに布団を干すことができないので、だったらこの機械を使いましょうということなのだ。「MORE」もパンパースもその方向の現象である。

女性の社会進出が、この頃からじわじわと始まりかけたのだなあと、一個の電気製品を見てもわかるわけである。

電子レンジのころ

「電子レンジでチンする」という言い方がある。それで食品をあたためる、という意味だ。

国語学者の金田一春彦先生は常に新しい日本語にも注目なさっており、このチンする、という語もそろそろ辞書に収録すべきかなあ、と考えた。今から十年ほど前のことである。

ところが、その頃から電子レンジはチンという音を立てなくなってしまったのだ。設定した時間がたつと、ピーッピーッなんていうようになってしまった。ピーッという音がしているものを、チンする、と表現するのは変である。かくして、ひとつの言葉がせっかく生まれかけたのに消えてしまった。

もっともいまだに、電子レンジでチンする、という言い方をする人はいる。そういう人はいまだにテレビのチャンネルを回す、と言い、スニーカーをはいて旅に出ても、宿にわらじを脱ぐと言ったりする人である。

ともあれ、電子レンジは大いに普及した。電子の力で、加熱するわけでもないのにものがあたたかくなるという不思議な製品。濡れた猫を乾かしてはいけなくて、生玉子を入れるとどえらいことになるという電子レンジを、みんなちょっぴり不気味に感じながらも、便利さに負けて使っている。

あれは、一人暮らしの生活を一変した。一人で暮らす、冷たいものを食べる、わびしい、お嫁さんがほしいなあ、という意識の流れがなくなってしまったのである。電子レンジ用の調理食品がいっぱい生まれ、おいしくてあたたかいものが気軽に食べられるようになった。つまりこれは独身男女と、独り住まいのお年寄りの生活を一変したのである。ひとつの電気製品が食文化を左右したと言っても過言ではないくらいである。

そのことはよーくわかったから、コンビニエンス・ストアの店員も、必ず「あたためますか」ときくのはそろそろやめてはどうだろう。

ビデオのころ

我が家にテレビが初めて来た頃、母がしみじみとこういうことを言った。

「家で映画が見られたらどんなにいいかと子供の時に思ったけれど、それが現実になったんだねえ」

だが、テレビは家庭内映画館とはちょっと違っていた。勝手にむこうが放送するものを拝見するだけだからである。本当の意味で家の中が映画館になったのは、ビデオ・デッキが出現してからである。初めのうちは自分で録画したものを、そのうちだんだん専用テープをレンタルしてきて、好きな時間に見られるようになったのだ。

このことによって、若い人も大いに古い名画を見られるようになり、映画による世代差というものがなくなった。それから、テレビの放送時間というものに縛られることもなくなった。見たいものを、好きな時間に何度でも見られるのである。

小さい子供のいる家なら、よくわかるであろう。子供は一日中何度でも「ドラえもん」を見ている。

しかも次にビデオ・カメラが登場して、更なる新時代に突入した。その子供は、初めて歩いた時から、幼稚園に入った時、運動会の時などの、すべての映像記録を持っているのである。日本中が映像によって記録される時代となったのだ。

考えてみると、これはかなり大きなことである。大きな地震があれば、その様子を写したビデオがテレビ局にどっと寄せられてくる。日本中で、あらゆるものが記録に残されていくのだ。有名人だけが記録されていた時代は過去のこととなった。

そこで、ふと不安になる。人々は記録しておくに足るような生活をしているのだろうかと。また、すべてを記録できるようになるということは、結局、何も記録しないのと同じなのではないかという気もしてくる。

空気清浄器のころ

豊かになるということは、人々が小さなことにまで快適さを求めるようになることかもしれない。つまりまあ、わがままになるということだ。

十年ほど前から、空気清浄器という、小物電気製品が徐々に普及しはじめた。つまり、きれいな空気、というような細かなものまで人々が求めるようになったわけである。それから、別の考え方をすれば、エアコンの普及により、どの家もさっぱり窓を開けなくなったということである。窓を大きく開ければ空気なんかすぐ入れ替わるのに、みんな窓を閉じて密室で生活しているのだ。それが都会性なのかもしれない。

そしてもうひとつ、その頃からタバコを吸うことが冷たい目で見られるようになってきた、というのも関係している。タバコを吸うお父さんは家族の非難をかわすため、せめて空気清浄器を買うわけである。

そういう、小さな快適商品がだんだん重要になってくるのが、今日の豊かさである。

加湿器なんてものもある。冬に、暖房をつけっぱなしにしていると室内がカラカラに乾くので、水を超音波で霧にしてまく。石油ストーブの上にやかんがかけてあった時代には必要のなかったものである。

梅雨時にはこれがいるなあということになって、除湿器が普及しかけている。確かに日本は湿度の高い気候だからそれがあれば快適だけれど、ある面では部屋の中を洗濯物干し場にしているようなことでもあり、どこかおかしい。

密室文化、と呼ぶべきかもしれない。日本人は家の概念を昔とは大きく変えてしまって、密室内の小さな快適さにやけにこだわるようになってきたのだ。密室内を清浄にして、加湿して、除湿して、外へ出て遊ぶとすぐに風邪をひく子供を育成しているのだ。なんだか家がパンダの飼育舎のようになってきた。

ファックスのころ

電気製品をいろいろ振り返ってきたが、電話はここに取りあげなかった。電電公社時代の電話というのは、電気製品というよりは、巨大な通信システムに参加させてもらう、という感じのものだったのだ。

だが、電電公社がＮＴＴになり、電器メーカーが電話機を扱うようになって、だいぶん感じが変わってきた。電話には永久に使わないようなややこしい機能がいっぱいつくようになった。

そして、ファックスが登場した。

初めのうち、この名前は評判が悪かった。多少なりとも英語を知っている人は、下品な呼称だと非難した。私もそう思い、文章中ではファクシミリと書くようにしていた。

だが、もうそういうことを言ってもしょうがないほどに、この名は定着してしまった。あえてその名を使わないようにしていることのほうがヘンだという感じになった。だからファックスでいく。

このおかげで、少なくとも私のような文筆業者は夢のように便利になった。こんな素晴らしいものがよくぞ出現してくれた、と思う。

原稿を渡すのに、編集者に来てもらわなくてもいい。その分だけ、締め切り時間がのびる。真夜中に入稿することもできる。留守にしていてもゲラを送ってもらえる。とにかくもう、いいことずくめである。作家と編集者のつきあいが昔より薄くなったことを惜しむ人もいるが、この便利さにはかえられない。

たとえば私は、名古屋で学習塾をしている弟のところで、小学生のための作文教室というものをやっているのだが、それができるのもファックスのおかげである。子供の作文がファックスで送られてきて、指導をつけて送り返すことが、東京にいたままできるのだ。

ファックスは文字の通信に大革命を起こした。この原稿を書き終えて、私は今からファックスで入稿するのである。

パソコンのころ

まず初めに、テレビゲーム機が出現して、子供から、そして次第に大人までもが、ブラウン管の中の画像で遊ぶということに慣れさせられた。この新しいおもちゃは未来につながっている、ということを見抜いた人は当初どのくらいいたであろうか。

次に、ワープロが出現し、それはすぐに一般人が自分用に買える値段のものになった。漢字とかなの混じった日本語の文章は、タイプライターでは書けないのだと思いこんでいたのに、あっさりとその常識がくつがえされたのである。美しい文書を作りたい、字のヘタなことをなんとかしたい、自分の書いたものを活字にしたい、という人々の願望と結びついて、ワープロは思いがけないほど普及した。作家なのにワープロを使っていない私がかなりの変人に思えるほどである。

ワープロとは、実は文章表記専用の小型コンピュータである。ワープロを使う人は、コンピュータに触れたことがあると自慢しても間違ってはいない。

そして、そのあとに、個人用のコンピュータ、すなわちパソコンが登場し、信じられないほど多くの人がそれで遊んでいる。ゲーム・ソフトを楽しむだけの人から、自分でプログラムを作る人まで、レベルはいろいろだが、とにかく、コンピュータにこんなにも親しく接してしまっているのである。私が子供の頃には夢想だにできなかった事態だ。

とうとう我々は、コンピュータと平気でつきあい、それで遊ぶところまできたのだ。

みんなが大いにそれで遊び、慣れ親しむことによって、この文明のすそ野が拡大し、次の時代にはもっともっと人間とコンピュータの関係がよくなっていくのである。だから、できることならばそれを敵視しないで、楽しむようにしたほうがよい。

とは言え、心の片隅に、どえらい時代になっちゃったなあ、という感慨がわいてくるのも事実である。

第七室――生活

疲労困憊日記

某月某日　引越しをする。自宅を新築することになったので、仮住まいへ移るのだ。

この、ある面、目出たい話は、昨年の思いがけない不幸から始まっている。私は、近頃よくきく逆玉ケースというやつで、東京生まれの妻の実家の一部に小さな家を建てさせてもらって住んでいたのだ。くっついた隣家は築六十年の古い家で、義母が暮らしていた。

その義母が、あきれるほど健康な人だと、本人も思い、周りも思っていたのに、突然、六十六歳の若さで他界した。脳梗塞であった。

私の妻は身内運の悪い人で、幼くして父を亡くし、次いで祖父を、次に祖母を亡くし、今度母を亡くしてすっかり孤独になってしまった。妻の実家はとうとう無人になってしまったのである。

もう、この家を壊してしまおう、ということを妻が言いだした。思い出だらけのその家に、入るだけでもいやな気がする、というのだ。すべてを壊して新しい家にしてしまおう、と私も決心した。そうすれば、きっと気分も変るであろう。供養とかは、それはそれでちゃんとやればいい。

それで、引越しとなった。近頃、引越しの当日は業者にまかせておけばよくてラクになったが、その前の一週間、仕事を休んで築六十年のボロ家を整理したのであり、私も妻もヨレヨレであった。そういう中での引越しである。

ところで話は変るけど、現代の若者に失望し、日本の将来はどうなってしまうのか、となげくことが、私のような中年男にはよくある。テレビで、アホな若者の生態を見せられたりすると、どうしても。

でも、そういう時は引越しをするといいね。引越し業者の若いお兄ちゃんたちが、感動的によく働くのだ。礼儀正しく行儀もよくて、六十キロもある大型テレビを文句も言わず傷つけないように配慮して運ぶのだよ。まだまだ立派な若者はいっぱいいるんだ、と思えて嬉しくなる。

仮住まいは、仕事場に近い商店街の真ん中にある古いマンションの一室。窓から、眼下に商店街が、遠くに西新宿の高層ビル群が見える。半年ほど、ここに住むわけだ。商店街に住むのは生れて初めてで、そわそわする。どうせ仮住まいだから、開ける必要もないダンボール箱なんかがいっぱいあり、二部屋はそれらを入れた倉庫のようになっている。そういう、どうも落ちつかない生活が始まったのである。

某月某日　「にんげんマップ」というテレビ番組に出演するために、NHK名古屋へ行く。その番組の司会者は星野仙一さんとかとうかずこさん。

最近私が、電子出版で『笑説　大名古屋語辞典』という、要するに笑える名古屋弁辞典を出したので、それに関する話などをしたのだ。あと、例によって名古屋論とか。私がやっている小学生のための作文教室のこととか。

何度出ても、テレビというのは慣れることのできないものである。思っていることの半分も言えないままに、流され、利用され、終わっている。特にこの番組は妙に疲れる作り方であった。

白髪がどんどん増えていく。

某月某日　文藝春秋の「オール讀物」の納涼句会に初参加をする。句会に初参加どころか俳句を作るということが私には初体験である。
そんなおそろしいところへ出てみる気になったのは、同業者に知人の少ない私だというのにその会は珍しく、私以外の参加者七人のうち、五人まで多少なりとも話をしたことがあったりして知っている人だったので、気が楽だったのだ。

その五人とは、野坂昭如氏、山藤章二氏、嵐山光三郎氏、夢枕獏氏、俵万智さん。初対面なのは、小沢昭一氏と高橋洋子さん。おそるべきメンバーである。

そういう人にまじって句を作らなければならないだけでも大変なのに、すわったら目の前の席が野坂先生。この先生が、私の家の新築のことを知っており、何かと言えば、新築なんぞしやがってと、ヤリ玉にあげるので頭がグラグラして何も考えられない。

いや、そういう雰囲気が楽しいんですが。

もう、ヤケクソの気分で発句した。テクニックはないから、ややカマトトっぽいまともな句を作ったのである。

それで、選評に入ったところ、思いがけなく女性二人から〝天〟に選んでもらったりして、総合で〝天〟の賞をもらってしまった。もちろん、非常に嬉しかった。

以上、ちっともさりげなくなく、自慢をしたのである。高橋さんに〝天〟に選んでもらった句を恥ずかしげもなく紹介する。

仙人掌《さぼてん》の横にころがるおんな下駄

どう考えてもこの好成績はビギナーズ・ラックというやつだから、もう二度と句会には出ないぞ。

某月某日「小説新潮」のための三十枚の短編小説「誰でもない人」を書きあげる。三十枚なら二日で書くことにしているのだが、この頃なんだかんだと雑用が多くて、第一日目に五枚しか書けなかったのだ。やむなくこの日、久しぶりに十二時近くまで仕事して、ようやく書きあげたのだ。

作家が、自分の小説の登場人物の名前を、どのようにしてつけるか、ということを取りあげた、うちあけ話であり、苦心談であり、冗談であり、嘘八百、というような作品である。もちろん、だんだん眉つばな話になっていって、最後には大嘘のオチにたどりつくわけである。

とにかく一編書きあげてホッとするが、仕事はまだまだギッチリつまっている。その上、校閲しなければならないゲラが三冊分もたまっている。自分の書いた小説を読むのは嫌いではないのだが、ゲラを校閲するのは好きではない。どうしてこんなに本を出すんだ、と自分を呪いたい気分になる。

某月某日 元の家にビールを配達してくれていた酒屋が、仮住まいのほうにもビールを届けてくれる。そしてその際、あの家が今、どこまで解体されたか、ということを教えてくれる。そうか、としみじみ思う。

家の解体を、見に行かないようにね、と妻に言っているのである。そんなの、見ないほうがいいんだ。全部壊して、サラ地になったら見に行こう。

それはやはり、何かを葬り去るということなのだから。そのことについていろいろ思うのは、あとで落ちついてからゆっくりやればいい。今は忙しさの中を、わーっと流されていこうではないか。

午後、建築で世話になる会社の人が、新しい家の居間のライティングの計画を持ってきてくれて、打ちあわせをする。新しい居間には、ちょっとしたホーム・シアターをそなえつけよう、という話になっているのだ。ミニ映画館というところだ。

そんなことをしても、映画を楽しんでいられるヒマはそうないとわかっているのに。毎日高さ一メートルもある久米宏の顔を見てどうするつもりだ。おぞましいぞっ！

某月某日　「月刊カドカワ」の取材陣が仕事場に攻めてくる。戦時下における一個小隊ぐらいの人数がやってきた。妻と私は、オビエル。

取材は五時間にも及ぶ。頭がグラグラしてぶっ倒れそうになる。

でも、この取材に時間がかかるだろうことは予想していたから、焦らずにじっくりとこなす。こういうのは、連休中に行楽地へ車で行こうとして渋滞に巻きこまれたといっしょだと考えて、のんびり構えて運命に時間をさし出すしかないのだ。なんて、私は車の運転をしないのであるけれど。

それにしても、自作解説をやっていて、作品数の多いのにあきれる。そんなに本を出してどうする気だ。

某月某日　「海燕」の編集者が来て、九月号に一挙掲載の長編のゲラを持ってくる。『催眠術師』という小説である。六月に、引越しの準備などに追われながら書きおろした作品である。

また、ゲラがたまってしまった。

そのあと、「小説中公」に書く三十枚の短編をどうしたものかと考える。ここには、老人たちの様々をシリーズで書いていて、今回は嫁をいじめる姑について書こうと思うのだが、考えが煮つまらない。

やむなく予定を変え、この日記を書き始めた。なんとなく、近況報告らしきものになり、私の日常がわかってもらえるかな、という計算である。

もう九時だ、仕事を終えてあの仮住まいに帰り、ニュースのはしごをしながらビールを飲むとしよう。

あの古い家は、もうすっかり壊されたんだろうか。

街が変る

我が家にほど近い地下鉄新高円寺駅の周辺が、このところ急激に変りつつあり、古くからの住人としては複雑な思いでいる。五日市街道への入り口が新しく整備され、それにともなって新しいビルが次々に建っていくのだ。

デパートの食料品部だけが進出してきてスーパーになり、アスレチック・クラブができ、大きなファッション店もオープンする。要するに、これまでは都心部にあった機能が、身近な住宅地にまで拡大してきたのだ。

もちろん、そうでなくたって街の顔というものは時と共に変るものである。新しいビルが建つたびに、その近くの住民は、この街もすっかり変ってしまった、という感慨を抱いたであろう。

古くは、昭和三十九年の東京オリンピックを境として、東京は大変身している。あの前と後とでは、写真を見たって東京の顔つきが違う。あの前の東京は、都電が走っており、大通りに面してまだ木造の家屋があり、広い道の上は電線だらけである。それが、初代ゴジラが壊して歩いた東京である。

その後、高度経済成長期にも街はどんどん姿を変えた。七〇年代のオイル・ショックも街が変っていく勢いを止めることはできず、新宿には高層ビルの建ち並ぶ新風景が出現し、奇巌城のような都庁舎ができて未来的都市図は完成したのである。

バブル経済の頃も変だった。あの時、日本中の都道府県庁所在地に、三角だったり、円柱形だったり、ドーム型だったりする、奇抜なデザインのビルがお役所主導で建ったのである。どう考えても周りの景色から浮いているああいうビルを、私はバブル・ビルと密かに呼んでいた。

また、バブル期にもうひとつ変だったのは、やたらに空き地が増えていったことである。いわゆる地上げというもののせいで、古い家がいきなり消えて空き地になり、値上りするまでほうっておかれたのだ。街のあちこちが歯の抜けたあとのようになってしまった。

そのように、街というものは常にその姿を変えている。だから、自分の家の近所にビル・ラッシュがおこったのを驚いているのではうかつだ、ということにもなるのだが。

しかし思うに、バブル崩壊後の不況ムードがようやく一段落してきて、今ここで街がうごめき始めているこの変化は、これまでのものとは別の新しい動きのような気がする。

たとえば私の自宅周辺の住民にとって、近頃、新高円寺駅の近くでおこっている変化を一言で言うと、新宿へ出かける必要がなくなってきた、ということなのである。住んでいる一帯は住宅地で、人出でにぎわう繁華街は別のところにあるから、たまに出かける、というのがこれまでの姿だったのだが、それが変ってきたのだ。住宅街の一角に都心的機能がまぎれこんできた、という感じである。

そういうことが、新高円寺界隈だけではなく、あちこちでいっぱいおこっているのではないだろうか。つまり、住宅地ごとに、その中に繁華な都市部を内包していくのだ。

これによって生じる変化は、都市の分散である。大きな買い物をするのだって、酒を飲むのだって、カルチャー・センターへ通うのだって、都心部の繁華街まで行く必要はなく、住んでいる地域の駅前の一角でこと足りるようになっていく。同時に、オフィスも進出してきて、働く場もまた、地域内にちゃんとあるということになる。

都市は、大きくなりすぎた怪獣が自己崩壊するかのように、分散し、何十ものミニ都市の集合体になっていくのだ。

それで思い出すのが、神奈川県相模原市の相模大野駅の周辺である。

ひとつ隣の駅が、東京都町田市の町田駅。だからここは、長らく、町田とはまるで風景が違い、ビルもろくになく、地価も安く、田舎びたムードを保っていたのだ。

ところが、この十年で相模大野駅のあたりは劇的に変化した。今やそこには、デパートがあり、シティ・ホテルがあり、総合的駅ビルがあり、堂々の都心部の顔つきになってしまったのだ。もう買い物のために町田へ、はたまた新宿へ出る必要はまったくないのである。そこ自体が、都市の機能の一部を分担したということだ。

どうもそういうことが、二十一世紀の都市のあり方らしい。バブルがはじけてやや落ちつきかけた今、そういう未来型都市のあり方に向けて、いろんなところがじわじわと姿を変えつつあるようなのである。

東京の、また新しい変化が始まりつつあるような気がする。大ざっぱに言えば、どこもかしこも都心化していくのである。

私が住んでいるのは住宅地ですから、何もない静かなところですよ、という言葉がこれからは使えなくなっていくのだ。少し寂しくもある。

東京の大雪

ＮＨＫのあるベテランのアナウンサーと雑談をしていて、その年の一月に降った東京の大雪の話が出た。その人はある視聴者から、東京に降ったあれっぽっちの雪のことを、この上ない大事件のようにほとんど一日中ニュースで流し続けて、少しおかしいのではないか、と言われたのだそうだ。

「意表をつかれて、そうかもしれないな、という気がしました」

と、その人は言った。

似た主旨の意見を、私も新聞の投書欄で見つけていた。ある雪の多い地方の人が、あんな程度の雪が大ニュースだろうか、というわけである。どの局にまわしても雪に大騒ぎをしていて、我々から見ればとんだ笑いぐさである、と書いていた。

さて、どうなのだろう。東京に二十センチばかりの雪が積もったことで大騒ぎをするマスコミは異常なのであろうか。

もともと私は、東京だけを見て日本論や日本人論を説くのはおかしいことだ、という意見を持っている者である。子供が塾とコンビニを行ったり来たりの生活の中でおかしくなっていくだとか、女性はついにここまで堂々と社会進出するようになっただとか、飽食の時代の中で結婚したがらない若い人が出てきているなどという意見たち。それは、本当に日本中を見て言ってることですか、と言いたくなる。ひょっとするとそれは、東京及びその周辺だけを見て組み立てた論ではありませんか。結婚したいのにできないという地方もいっぱいあるはずですが。

そんなふうに、東京周辺だけを見てそれが日本だと思ってしまうことには、異議ありと言いたいと考えていた。

が、しかし、東京の雪でマスコミが大騒ぎをするのは、それとはちょっと違うのではないだろうか。

たとえばの話、南極に大雪が降って、五メートルも積もったとしても、それはあまり大きなニュースではない。そこにあんまり人がいないからである。その上、南極に雪はそう珍しいことでもない。

東京都だけで、日本の人口の一割が住んでいるのである。周辺の県を合わせて首都圏と考えると、日本人の五分の一くらいが住んでいるのではないか。それだけの人が大雪の被害をこうむるのだから、かなり大変なことなのである。

そして、東京に十センチ以上の雪が積もるのは、十数年に一度、というぐらいのことである。それだけ降るのは珍しいことなのだ。だから、雪国の人にとってはたったそれっぽっちか、という積雪量でも、あちこちに大きな影響が出る。サラリーマンは会社に行けなくなるし、生鮮食料品の入荷はとどこおるし、高速道路は通行止めになる。おまけに、すべってころぶ人が続出する。雪国の人なら馴れてころばないのだが、みんな雪に不馴れなのだ。

しかも、東京というのは日本中から人が集まってくる土地である。だから、雪などほとんど降らない南国出身の人もかなりいる。そこで、ころぶし、雪かきはしないし、とんだおバカさん、という行動をする。

というわけで、東京の大雪は大きな影響を様々にもたらすのである。タイヤ用のチエーンと、長ぐつがあっという間に売りきれるというような珍現象もおこる。

それはやはり、大きなニュースだろうなあ、と私は思うのである。それは、東京だけが日本であるかのように錯覚して、実はある一部地域のローカルな話題なのに日本中がそうであるかのように語りがちなマスコミの愚かさ、という話とは違うのではないか。

犬が人を噛んでもニュースではないが、人が犬を噛んだらニュースだという言い方があるが、それと同じ理屈で、東京にそこそこの雪が積もったら大ニュースなのである。どうしても大騒ぎになるのだ。

うどんににじむ文化の違い

ウズベキスタンでうどんを食べたことがある。今年（九九年）の五月の体験だ。ウズベキスタンで観光的にいちばん有名な街は、チムール帝国の都があったサマルカンド。その次が、内陸シルクロード宿営地として栄えた、オアシス・タウンのブハラ。それから、ひとつの街がそっくり城壁で囲まれているのが珍しいヒヴァ。ブハラとヒヴァは世界遺産に登録されている。

その、ブハラからヒヴァまでの三百キロほどを、私を含めたツアー客はバスで行ったのだが、それはキズィルクム砂漠の中を行く旅だった。砂漠といっても一面の砂というふうではなく、貧相な草がポツポツと生える荒れ地という感じなのだが、地面にさわってみればまぎれもなく砂である。その昔、隊商たちはここをラクダで渡り、やっと次の宿（キャラバン・サライ）へ着くというふうだったのだ。

そういうところをバスで移動していて、お昼の休憩を、たった一軒ポツンとあるだけの茶店（チャイハナ）でとった。ホテルで用意してくれた弁当を食べたのだが、その店のものも食べてみようということになる。そして、そこにうどんがあったのだ。

そのうどんは、現地のことばで、ウグラ、というものだ。

一見したところ、汁の中に短いけど麵が入っていて、確かにうどんである。その汁にはネギのぐったりしたようなものや、煮すぎてほぐれかけている肉片などが入っていた。

食べてみたところ……、食べられなくはないが、日本人の舌にはかなりカルチャーショックの強い味である。その汁は、羊肉（マトン）を半日ほど煮込んで、塩と綿実油（コットン・オイル）で味つけをした、というものだったのだ。とてもあぶらっこい。

そういう汁の中に、小麦粉の団子をけずって作ったような、長さ十センチほどの麵がぐったりとたゆたっている。ウズベキスタンに来て以来、やたらにマトンばかり食べさせられてげんなりしている我々は、そのうどんを半分ほど食べただけで残した。

しかし、味はともかく、それはまぎれもなくうどんである。こんなところにもうどんがあるのか、と私は驚いた。

うどんに関するよもやま話を妙なところから始めてしまった。

私にこの原稿を依頼した編集者は、そんな話はどうでもいいんだよ、と思っていることだろう。読者だって肩すかしをくったような気分に違いない。

私は名古屋の出身であり、しかも、名古屋の麺のことを題材にした小説を書いていることも知られている。だからみんな、私が書くならば、きしめんの話か、味噌煮込みうどんの話か、ぐっと渋く志の田うどんの話が出てくるに違いないと思っているだろう。それなのに、ウズベキスタンのうどんだものなあ。

でも、あわてないで。名古屋のうどんについてもちゃんと書くけど、まず私は、うどんとはどのようにひろがっているものなのか、をちょっと考えてみたいのだ。

ウズベキスタンなんて、皆さんなじみがないだろうなあ。どこにあるんじゃ、と思う人もいそうだ。アフガニスタンの上のほうだなと位置はぼんやりとわかっている人でも、どんなところなのかは想像もつかなかったりして。

我々と同じアジアの国ではあるのだが、九一年までソ連の一部だったので、よけいにわからないのだ。もともとはトルコ系のウズベク人の住んでいる、遊牧民の国だ、と言われてもどうもピンとこないのであろう。

しかし、前のほうにさりげなく書いておいたのだが、あのあたりは実はシルクロードなのである。いくつかルートのあったシルクロードのうちの、内陸シルクロードであり、二千年も前から人が行き交ってオアシス都市が栄えたところなのだ。中国とローマとを結ぶメインルートのひとつだった。

うどんとは、饂飩《うんどん》であり、言うまでもなくもとは中国の食べ物である。そして、シルクロードは絹だけを運んだのではなく、中国のうどんを西アジアにまで伝えているのである。そういうわけで、ウズベキスタンにうどん（ウグラ）があるのだ。

ついでに余談をひとつ。ウズベキスタンにはプロフという、肉や野菜の入った混ぜごはんのような食べ物がある。これがトルコに伝わって、ピラウというものになり、それこそが今、ピラフという名で知られているあれである。つまり、中国のチャーハンがシルクロード経由でトルコにまで伝わり、ピラフになっているのだ。シルクロードって、そういう文化的影響力を持っているすごい道だったのである。

そこで、ようやく日本のことを振り返ってみる。うどんは、西のウズベキスタンにまで伝わったのと同じように、東の日本にまで伝わってきたのだ。奈良時代にまず言葉だけ入ってきたが、それは菓子の名だったらしい。汁につかった麵、としてのうどんが伝わったのは近世だそうだ。そしてうどんは日本中に広まった。

日本中ではなくて、うどんは関西だろう、と言う人がいるかもしれない。それは誤った思い込みなので修正していただきたい。

東京は別として、関東地方はうどんの名産地である。群馬、埼玉、山梨など、どこもうどんで名高い。いちばん有名なのは群馬の水沢うどんだろうか。それから、東北地方も、麦切りと称することもあるが、うどん文化のあるところである。そっちで有名なのは秋田の稲庭うどんか。

考えてみれば関東平野というのはローム層で、昔は稲作にあまり適さなかったのだから、麦を作ってうどんを食べたという推論には無理がないのだ。

そして、それとは別に西日本にも、うどんは大いに広まった。京都、大阪はもちろんのこと、伊勢にはぶにゃぶにゃの伊勢うどんがある。四国には讃岐うどんという有名なうどんがあるし、中国地方でもうどんは食されている。九州では、福岡に丸天うどんがあり、長崎には皿うどんがある。

つまりまあ、うどんは日本中にあるのである。

そして、ここからは私の独断による仮説なのだが、東日本のうどんと西日本のうどんは、食べ物としてのコンセプトが少し違っているのではないか。

よく言われるのは、関東のうどんはつゆがまっ黒で、かつおだしがきいている、ということ。それに対して関西のうどんは、昆布だしで味を作り、つゆの色が薄い（関西のうどんつゆは決して薄味ではない。色が薄いだけで、塩分はしっかりある）。

しかし、つゆの違いだけではなく、そもそもうどんの概念に違いがあるのではないかと私は思う。

東日本のうどんは、総じて、ツルツルしていて、喉ごしの快感に命をかけているようなところがある（東京の鍋焼きうどんは別。あの病人食については忘れてください）。コシがあって、ねばりがあって、しかもツルツル、というのが東日本のうどん。そういううどんを食べるに際して、より食べやすくするためにつゆがある。だから、つけ麺になる場合も多く、そうではなくてかけうどんだとしても、つゆは主役ではなくて、あくまでうどんが主役である。

それに対して西日本のうどんは、ツルツルしていない。ねりが弱くて、ちぎれやすく、食べるとズロズロという音がする。讃岐うどんはコシがあることで有名だが、あれもツルツル系のうどんではない。

そういううどんが昆布のだしのきいたつゆによく合い、さながらよくできたスープのようにうまいのである。

つまり、東日本のうどんは、うどん自体を主食の代用に食べるものであるのに対して、西日本のうどんは、うどんという具の入ったスープ的なものなのである。それこそがその二つのいちばんの違いなのではないか。

さてそこで、名古屋のうどんだ。例によってここでも名古屋は、両者の折衷的なのである。

きしめんは、あきらかにスープ的なうどんである。麺が平べったいのは、つゆによくなじむためだ。でも、きしめんの汁は黒っぽくて、上にかつおのけずり節がのっているところは関東文化へのにじり寄りである。

志の田うどんのほうが、関西のうどんに近い。ネギと油揚げだけの入った、白い汁のあっさりしたうどんである。あまり知られていないかもしれないが、私が名古屋のうどんでいちばん好きなのはこの志の田うどんである。

そして、もうひとつ有名なのが味噌煮込みうどんだ。汁に味噌をもってくるところが、愛知県の面目躍如である。あのあたりは豆味噌文化圏であるから。

しかし、あの麺は全身がコシか、というぐらいにコシの強いもので、とてもではないがスープの具にはあまんじていない。山梨県のほうとうにも似て、麺を食うがための汁や薬味である。そのコンセプトは関東のうどんに近い。

というわけで、やっぱりうどんから見ても、名古屋は東日本と西日本の中間なのである。特徴がないとも言えるが、両方あるところが彩りの豊かさなのだと言えなくはない。

いずれにしても、中国発のうどんは日本で大いに愛され、食べられている。

だから試しに、一度ウズベキスタンの人に日本のうどんを食べさせてみたい。おたくの国のウグラに似ているから食べやすいでしょう、と言って。

食べてみて、おそらく彼らはこんなことを言うのだろうな。

うへっ、まずっ。なんでこんな水みたいにあっさりしたスープなんだろ。それにこのスープの味はなんだ。げげっ、その味は魚を干したものを煮出した味なんだって。気持悪う……。

うどんの味には文化がにじんでいる。

お弁当を持って海辺へ行こう

よく、お弁当を作って海岸の磯だまりへ、海辺の生物《いきもの》を観察しに行くのである。これだけだと事情がわからないだろうな。郷里愛知県の知多半島の海辺の、リゾート・マンションを仕事で疲れた時の隠れ家にしているからである。

だからそこへ行く時には、デパートでおいしい塩ジャケを買っていく。塩ジャケと、梅干しの入ったおにぎりを作るのだ。おにぎりは三角に作り、くまなく海苔《のり》でくるみましょう。

おかずとして、卵焼きを作る。味加減はお好みにすればよいが、私はややきっぱりとした味で、歯ごたえのある巻き形に作る。だし汁を入れた関西風ではなく、かといって関東風ほど甘くはしない。ひかえめの砂糖と、ちょっぴりの塩と、しょうゆをひとたらし。それをフライパンで焼き、見事に巻く。専用の卵焼き器を使わないのに、均一に巻けた卵焼きができるところを、妻に名人級だとほめられている。

次に、おかずその2、ウインナーソーセージいため、を作る。ただ、おいしいウインナーソーセージを半分に切り、軽く油をひいていためるだけである。子供に食べさせるわけではないので、ウインナーをタコちゃん形にすることはしない。でも、斜め切りくらいにはしましょう。それを、塩とこしょうで、しっかりした味にする。

タクアンとか、きゃらぶきとか、あさりのしぐれ煮とか、たまたまあったおかずを加えるなどして、そういうお弁当を持って海岸へ行く。もちろん、マホー瓶に入れた熱いお茶は欠かせない。

弁当とお茶を、水沢温泉へ行った時に宿の売店で買った籐《とう》製のバスケットに入れて、自転車で行くのだ。かなり大きなバスケットなのだが、妻の自転車は三輪自転車なので後部の荷物カゴに入るのだ。

岩が、波に洗われているような磯だまりで、岩の上にその弁当を広げる。

春もよし、夏も、秋もよし。海を目の前にして、磯の風を受けながら食べるそういうお弁当は、ほんとうにおいしいものだ。コンビニのおにぎりをオフィスで食べたりしていては、おにぎりの本当のおいしさを忘れるというものだ。

周囲には、磯の香りがしているのである。海苔養殖のための海中の棒杭《ぼうくい》には、一本に一羽ずつ、かもめが羽を休めているのである。遠くを見れば、トヨタの車を山ほど積んで海外へ行く巨船も見えるのである。

そういうところでの、お弁当は実にうまい。熱いお茶がたまりません。

で、おなかがいっぱいになったら、海辺の生物を観察する。慣れてくると、すぐに十や二十種類の生物を発見することができる。

カニもいるし、ナマコ、ヒトデ、イソギンチャク。ヤドカリ、ウニ、フジツボ、カメノテ。ゴカイに、タマキビに、ヒザラガイに、ヤッコカンザシ。

イソギンチャクの口に、おにぎりの中の塩ジャケを落としてやると、ギュッと口を閉じて食べる。一口サイズを十分くらいで食べるようだ。ところが、ごはん粒を落としてやっても食べない。ソーセージは食べる。これによって、イソギンチャクは肉食であるということがわかるのだ。

磯だまりは生物の宝庫である。貝がらでよければ、いくらだってある。ツメタガイのからなどは、子供のこぶし大の巻き貝で、なかなか美しいものです。それから、見つけると大喜びで宝物にするのが、カシパンのから。円盤状で、五つの花びらのような模様（ヒトデ型とも言える）のついたカシパンは、ウニの仲間のきょくひ動物。直径三、四センチの小さなビスケットのように見える。

そういうものに熱中していると、弁当の残りをかもめがつついたりして、大騒ぎとなる。

私にとって貴重なお弁当タイムである。

テレビが家にやってきた

〝我が家にテレビがやってきた日〟というテーマなら、大いに語ることがある、というのが団塊の世代である。昭和何年の何月頃、近所の電器屋さんがブラウン管の角のやけに丸っこい十六インチテレビを運んできてくれて、ねじこみ式の脚をつけ、ゴブラン織りのたれ幕をかけてくれて、スイッチを入れたらどんな番組が映ったというこ とまで、くっきりと覚えている人は決して珍しくない。テレビの出現はそれほどまでに印象的だった。

もちろん私も覚えている。我が家にテレビがきたのは、世の中の大多数の家とまったく同じく昭和三十四年、つまり皇太子御成婚の中継を見るために買ったのだった。だから春の一日の、夕刻にそれはやってきて、スイッチを入れたら映し出されたのは、ＮＨＫの子供向けドラマ「ホームラン教室」だった。

それ以来、もう三十六年もテレビとつきあっているわけだ。私は、もしテレビのない国へ行ったら禁断症状が出るんじゃないかというくらいのテレビ好きである。私にとってテレビとは、世の中というものの状況を見るからくりめがねのようなもので、我が家の中にある世間なのだ。ヒトの観察、が趣味である人間にとっては、なくてはならないものなのである。

しかし、それとは別に、あらためて考えてみると、テレビというのはとてつもないものである。むずかしいメディア論をやる気はないが、テレビ以前とテレビ以後とでは、世の中が大きく変ったと言っても過言ではない。情報化社会と、えらそーに言えばなるわけだが、テレビ以後人間は情報の中でなければ生きていられないようなものになった。そしてある面では、多すぎる情報に振りまわされ、もともとの思考力、判断力を失っているとも言える。

それからまた、テレビはある意味でものすごい教育メディアである。たとえばテレビ初期に、アメリカ製、もしくは国産のホームドラマが数多く放映されたが、みんながあれを見ることでほかの何よりも、強く日本中に民主的家庭像というものを教育したのである。パパやママが友だちのようになっている新しい家庭像が、あっという間にこの国に認められたのだ。

それからたとえば、〝わんぱくでもいい、たくましく育ってほしい〟というハムのCMが、日本中にどれだけ我がまま放題のクソガキを出現させたかと思うと、胸が痛くなるぐらいのものだ。

テレビは教育メディアとして大変な力を持っている。しかしそこに映されるものを作っているのは、そう深い考えもなく、ただ業界人のノリでヘラヘラと、ひたすら視聴率だけをとりたがっているテレビマンであり、目立てば勝ちと思っている広告マンである。

テレビ漬けの社会とは、そういう人間に大きな教育をゆだねている社会なのである。ただし、テレビにも評価すべき点、なくては困る点もある。

テレビは、本質的に平等と平均を人々に訴えるメディアである。見ている者すべてを、私も同じでなきゃいやだ、と思わせる力を持っている。

時には悪平等主義にまで行ってしまい、突出した者を呪い、引きずりおろそうとまで考える人間も出てくるくらいだ。テレビばかり見ている主婦は、ロケット一基何百億円ときいても、一般の家庭にとっては想像もできないような大金で、くやしー、とバカなことを言うのである。私たちにも平等に、しか思想がないのだ。

だが、テレビの平等主義は、やはり重要である。独裁者のいる国では、必ずテレビ放映に制限が加えられるのだ。邪宗教の修行場ではテレビを見ることが禁じられるのだ。

テレビは平等を説くからである。

そういうテレビと、さてこの先、うまくつきあっていけるのであろうか。とにかく家庭に入ってきてしまっているのだが。

鏡としての動物

考えてみると、私は結構動物のことを小説に書いている。「イヌ物語」という短編では犬を、「日本の猫である」では猫を、「河馬の夢」では河馬《かば》のことを書いている。河馬を今ではすっかり活躍の場が少なくなってしまった、近所の面倒見のいいおじさんにたとえたのは、我ながらいい連想だったと思う。

自然の中で河馬は、他の動物に対して面倒見がいいんだそうである。あの巨体をゆさぶって、ワニの悪さをとめに入ったりするのだそうだ。ところが、動物園では近頃河馬にさっぱり人気がない。何もすることがなくて、河馬は半分まどろむように水の中でぼーっとしている。昔は面白かったなあ、なんて思いながら。

それから私には「酔中動物園」という作品もある。郊外の小さな動物園の飼育係の人たちが新年会をやって酔う話だ。ライオンの飼育係は尊大である。猿の係は、お調子者で、驚くとキャッと叫んだりする。鶴一筋の男は変人で、超然としている。アライグマの係は泣き上戸で、爬虫類担当はひねくれている。

そんな、わかりやすい見立てをして、そういう職場にはそれなりの人間模様もあるだろうと、コメディに仕立てた作品である。飼育係を描いてはいるのだが、それを通して、いろんな動物への私なりの思いを書いたのだ。

動物を、人間の姿にダブらせて書く。

本当は、それは学問的な態度ではない。動物を見て、甘えてるとか、悩んでるとか、テレてるよ、なんて人間の心理や行動になぞらえて理解するのは、とんだお門違《かどちが》いのはずである。

しかし一般に、人々は動物をそんな目で見ている。人間とは別の生き物を見るために動物園へ来ているはずなのに、堂々としていて余裕があるとか、お調子者だとか、けなげで憎めない、なんて、人間を評する言葉でもって理解し、親しみを抱くのである。

蛇が陰険で何を考えているのかわからないなんて、蛇にしてみればとんだ言いがかりなのだが、人々はそう見るのである。

動物園や、動物記録映像の中で、動物たちは人間の鏡の役をやらされている。だから面白いのだが、人間はそういう変な動物だということでもある。

犬にとっての私

私が小学三年生ぐらいの時に、弟が捨て犬を拾ってきて、我が家ではそれを飼うことになった。

古い話である。犬の話というのは、幼い頃への思い出話になるか、もしくは老人のこの先への不安の話になることが多いんじゃないだろうか。犬は子供や老人が好きで自然とそこへ寄ってくるのかもしれない。

そういうわけで、私は現代の犬について語る資格を持っていない。犬というものは道端の木箱の中などに捨てられているものだから、それを拾ってきて飼うものだ、なんて感覚があるのである。

それはさておき、弟が拾ってきた犬は、チロと名づけられ、それから我が家で十三年間生きた。もちろん雑種だろうが、柴犬によく似た中型犬で、毛の色は焦茶色だった。尾がきれいにくるりと巻かれて尻の上にあった。その尾がだらりとたれさがるのは恐怖のどん底にたたきおとされた時だけだった。たとえば狂犬病の注射をされる時などである。

あの、チロにとって私はどういう存在だったのだろう、と考える時がある。普通に考えれば、飼い主一家の一員、ということだろう。つまりまあ、準飼い主だ。

しかし、チロにとっての、本当の意味でのご主人様は、私の弟のはずである。弟が学校の帰り道で、その生まれたばかりの仔犬を見つけて、抱いて家へ持ち帰らなかったら彼はそこで死んでいたかもしれないのだ。弟の願いをききいれて我が家ではそれを飼うことにした。だから弟にはくっきりと、チロはぼくの犬、という意識があった。

そしてチロのほうでも、それはわかっていた。犬はそういうことにはとても感受性が細やかなのだ。

ご主人様はこの、おぼっちゃま、というところだろう。私は少しふざけた言葉づかいをしている。我が家はおぼっちゃまなんてものがいるような家ではなかったが、犬から見ればそういうことになろうか、という話である。

そしてチロにとって、ご主人様に次ぐ、主筋の恩人にあたるのが私の母であろう。その人が食べ物をくれるのである。ご主人様を叱ったりもするのである。毛の中のノミをとって下さるのも主にその人なのである。あだやおろそかにはできないお方、というところであろう。

私の父のことは、チロにとっては、我がご主人様をはじめ、一家の方々が頼っておられるご当主様、という感じであっただろう。だからか、チロは私の父にはやたらに尾を激しく振って恭順の体《てい》を示すところがあった。

それでいて、第一の愛で結ばれている相手は弟なのである。

ヘンなことを書いているようだが、犬というのはそのぐらいに、微妙な人間関係を承知していて、そのことに気も使い、配慮する動物だ、というのが私の実感なのである。チロが特にそういう繊細な犬だったのかもしれないが、でも犬は、そういう点において猫とはまったく別なのである。

遠くをおもんばかる（慮）という意味での、遠慮、が犬にはある。それはもちろん、とても賢いからである。

そういう犬であったチロにとって、私というのは何だったのだろう。

もちろん、主家のお方の一人ではある。私もチロを可愛がり、遊んでもやった。焼き芋もやったし、学校の宿題の粘土工作のモデルにもした。

でも、チロにとって真のご主人様は弟である。その弟が、いつもいっしょにいて、頼りになさっておられる様子なのが私である。

だからチロにとって私は、ご主人様が一目置いておられるお方、というものだったんだろうな、と思う。

直接のご主人様ではないのだが、ご主人様も頼っておられるぐらいなのだから、そのように接しなければならない特別なお方として、チロは私になついていた。

私の家に、姉の一家が遊びに来る（里帰り）ことがあった。その頃まだ一歳ぐらいだった姪を、チロと遊ばせてみた。

チロは、とても複雑な態度を見せた。その幼い女の子が手に持ってさし出すビスケットを、どう食べたものか困惑しているのだ。好物だからとパクッとくいついて、幼い子がびっくりして泣いてはいけないし、と思っている様子なのだ。

チロは慎重にゆっくりと顔をつき出し、姪の手からおそるおそるビスケットをくわえ取った。姪が声をあげてはしゃぐと、ようやくそれを食べた。

チロにとってその幼い子は、主筋のがんぜないお方、だったので、泣かしちゃいけないと気を使ったのである。

犬というのはそれほど心配りの細やかな動物なのである。

チロが老衰の大往生という感じに死んだ時、大学生だった弟は、人に見られないように涙を流したそうである。そのことはずっと後になってきいた。

だが私は泣かなかった。チロは弟の犬なのであり、私には泣く権利がないような気がしたのだ。少年時代の思い出の中にあんなに色濃く存在するチロではあるが、チロの思いの筋を通してやらなければならない、と思うのだ。チロにとっての真のご主人様は弟なのだから、その思いを乱してやっては悪いという気がしたのだ。

そんなわけで私としては、今でも、チロを拾ってきたのが弟ではなくて私だったならなと、微かな嫉妬とともに思ったりするのである。

チロがその手からおそるおそるビスケットを取って食べたがんぜないお方の姪が、もう四十歳近いのだから、大昔の話なのだけれど。

気持ちがふんわりする映画

イラン映画がいい。ここに一本だけ取りあげるなら、「運動靴と赤い金魚」にしようか。

簡単に物語を紹介すると、テヘランに住む小学生の兄と妹と、その家族の話だ。トルコ系の人で、貧しいがつつましく生活している。

アリという少年は、妹の靴を修繕してもらって、帰り道で靴をなくしてしまう。そんなことは、親には言えない。妹は靴がなくては学校へ行けない。そこで、男女別学で二部制なので、まず妹が兄の運動靴をはいて学校へ行く。走って帰ってきて兄に靴を返し、兄はそれから走って学校へ行く。そのやり方では遅刻ばかりになり、先生に叱られる。

そういうところに漂う、子供のけなげさがすごくいいのだ。両親も含めて、ここにはまっとうな人間がいる、という気がする。

妹は、兄の運動靴では大きすぎて恰好悪くていやだ。でも我慢する。そして学校の中に、なくした自分の靴をはいている女の子をみつける、くず屋さんから買ったらしいのだ。

その靴は私のよ、と言いたくて、少女の家まで尾行していく。するとその子の父は目が見えなくて、貧しそうだ。妹は何も言えずに帰ってくる。

兄と妹が困りきった頃、小学生のマラソン大会が開かれることがわかる。そしてその大会の二着の賞品は運動靴だった。それに出て、二着になり、賞品の男の子の靴を靴屋で女の子のものに替えてもらえばいいんだ、ということになって兄はトレーニングする。

そんな話で、決して心あたたまる地味なだけの問題作ではない。はたしてマラソンで二着になれるだろうか、というドラマがあって、その辺はコメディでもあり、大いにハラハラもする。

アリはほんのちょっとの狂いで、一着になってしまう。運動靴が手に入らなかった彼は、うなだれて庭の池に足を突っこんでいる。その足を赤い金魚がなぐさめるように突っついてくる。

お話の作りがうまく、教訓が押しつけがましいのでもなく、とても気持ちのいい映画だ。

出てくる人間が気持ちよく描けている映画を久しぶりに見た気がした。この映画のために素人から選ばれたという少年と少女の表情がいい。

イランは思いがけず、そういういい映画を作る実力を持った国だったのだ。最近はそうでもなくなったが、政治色をつけないために、子供が主人公の映画がよく作られた時期があるのだそうだ。

そんないい映画を見たこともきっかけのひとつになって、私は本当にイランに行ってみたほどだ。行ってみたらやっぱり、いい国だった。

いいよねえ、ビリー・ワイルダー

今年（一九九六年）私は自宅を新築したのだが、その際、リビングルームに、ホーム・シアター設備をつけた。子供がなくて夫婦の二人暮らし、運転免許がないから車にお金をつぎこむこともなく、外ではあまり飲まない、愛人も作らないという私だもの、ひとつぐらい贅沢なことをしたってバチは当たるまい、と決心したのだ。

天井にプロジェクターを取りつけ、壁の前に普段はロール・アップしてある一一〇インチのワイド・スクリーンが電動で降りてくるしかけである。

そのスクリーンに、ＬＤの映画を映して観賞する。ＬＤプレイヤーやハイビジョン用のチューナーまで全部合計しても、高級外車一台よりはるかに安く揃った。

そうして、私は子供の頃からの夢だった自分用の映画館をついに手に入れたのだ。

普段は映画ばかり観ているわけにいかず、スクリーンは天井の溝におさまったままだが、仕事がひとつ片づいた夜とか、日曜の夜などに、自宅での映画会を楽しむわけだ。最近はプロジェクターの性能がよくなり、ほとんど映画館で観るのと同じ気分が味わえる。

さてそこで少し話が変わるが、私は小説家としていくつかの出版社とつきあってきているわけだ。そういう出版社が、ありがたいことに私に、新築祝いをくださったりする。お礼を言い、ますますつきあいが深くなる。丸谷才一先生言うところの、日本の贈答文化というやつでしょう。

そこで、いくつかの出版社は独自に考えて置きものや飾りものやコチョウランを下さったのだが、別の何社かは、どういう祝い品がいいでしょうか、と私にきいた。

その質問というのは、普通、答えるのがむずかしい。相手の予算や腹づもりがわからないのに、あれがほしいと高価なものをねだったりしてはよくないからである。

ところがそこで私は、いいことを思いついた。たとえばこんなふうに答えるのである。

「ビリー・ワイルダーを予算の範囲内で下さい」

つまり、LDを下さい、ということだ。そしてそれを、映画監督名で注文する。

そうしないで、面白そうなLDを何枚かと注文すると、どの出版社がどのLDをくれたのかわからなくなってしまうからである。みんなに、いろんなLDをもらった、というぼんやりした記憶になってしまう。それでは、せっかくお祝いを下さった相手に対して悪い。

A社には、まだ私の持っていなかった（何を持っているのか伝えるわけです）ビリー・ワイルダーをもらった。

B社には、デビッド・リーンをもらった。

C社には、ヒッチコック半分。

D社には、ヒッチコックの残り半分。

E社には、スタンリー・キューブリック。

F社には、ジョン・ブアマン。

というふうに映画のLDをもらい、私のコレクションは急に充実したのである。

というところから話を始めて、さて、私の愛する映画監督について語ろう。

私が最も愛し、ストーリーテリングの技術を学び、いくらかは人生観にまで影響を受けた映画監督は、ビリー・ワイルダーである。

いいよねえ、「アパートの鍵貸します」。とにかく、ビリー・ワイルダーは物語運びの名人で、スクリーンに映るすべてのものに意味があり、それが伏線になっていて、あとで必ずきいてくる。彼ほど話を〝なるほど〟でつないでいく達人はいない。

シャーリー・マクレーンの演じるエレベーター・ガールが、フレッド・マクマレイ演じる部長と不倫をしていて、心に傷を負い、逢びきに使ったアパートの一室で睡眠薬をのんで自殺しようとする。ところがその一室はその会社のヒラ社員のジャック・レモン演じる小心者の部屋だった。彼は上司の不倫用に部屋を貸すことで、出世のチャンスをねらっているのだ。

というストーリーの中で、シャーリーが飲む睡眠薬はなぜそこにあったのか、ということまでちゃんと説明してくれるのがワイルダーの映画である。映画の初めのほうに、ジャック・レモンが、部屋を貸したあとは女の香水の匂いなどがこもっていて、独身男としてはとても眠れるものではない、ということを言っている。そして、睡眠薬を一粒のんで寝るのだ。

心に傷を負ったシャーリーが洗面台の上の引き戸を開けると、その睡眠薬が目に入る。彼女は夢の中にひきこまれるようにその薬ビンを手に取る。

なぜそれがそこにあるか、まで見事に説明してくれるのがワイルダーの演出なのである。話を〝なるほど〟でつないでいく達人だと私が言うのはそのことである。何度観てもその名人芸にはうならされる。おまけにその上、あの人にはユーモアといたずら心があってたまらない。娼婦の世界のことなどをやけによく知っている不良性を持ちながら、そのことを人間愛の中であたたかく語れるニクイ大人でもある。

それから私がこれまた愛する監督に、デビッド・リーンがいる。いいよねえ。文句のつけようがない。

デビッド・リーンの映画は大きい。スクリーンのサイズは同じでも、彼の映画は他の監督のものよりひとまわりかふたまわり大きく感じられる。

ものを捉える目が大きくて、語り口と、絵とが、大きいからだ。「アラビアのロレンス」の砂漠の大きさや、「ライアンの娘」の岸壁の大きさにはうなってしまうしかない。

そしてデビッド・リーンは、異人との出逢いをテーマとしていた映画作家だった。異人というのは、異世界の人、異環境の人、という意味である。イギリス人将校と日本人（「戦場にかける橋」）、イギリス人とアラブ人（「アラビアのロレンス」）、アメリカ人観光娘とイタリア人（「旅情」）、アイルランドの田舎の美女とイギリス人（「ライアンの娘」）など、すべて異人との出逢いのドラマである。それを、壮大なスケールと言ってしまうとつまらない宣伝文句になってしまうが、まさしく、スケールの大きな目で捉えて語れる監督である。ただただ大きさに圧倒されてしまうのである。

あらら、予定の枚数がつきてしまった。映画について語るといつもそうなってしまう。まだまだ私の愛する監督には、キューブリックやヒッチコックやブアマンやリチャード・レスターなどいくらでもいるんだがなあ。

特別室

落語「お天気屋」

えー、近ごろではもう滅多に見かけなくなりましたが、昔はこの、街の辻々をいい声で売りあるくお天気屋、という商売がありましたそうで、なんでも大変に風情《ふぜい》があったんだそうでございます。

こう、天秤棒《てんびんぼう》に桶《おけ》を二つ下げまして、前の桶には一足の下駄、後ろにはブリキの如雨露《じょうろ》を入れまして、いい調子に売り声をあげながら商売をして歩くわけです。

えー、お天気ーっ、お天気。雨のちー雪。晴ーれたり曇ったりー。

とまあ、実にどうもこの、雰囲気のあるものです。

まあ、今日ここにいらっしゃる皆さんはこの、お天気屋をご存知ありますまいが、昔も昔、縄文前期の頃といいますから相当に大昔ですが、その頃にはそんな商売があったわけで。商《あきな》っておりますのはこの、お天気を売るぐらいですからもちろん神様で、これくらい昔になりますと人間と神様が仲よくごちゃまぜになって暮していたわけですな。

おーう、お天気屋さん。

へい。お呼びで。

そうだそうだ、用があるから呼んだんだ。ひとつ頼みてえんだが、明日の天気だ。え。明日の天気を晴にしてもらいてえんだよ。

へい。晴ですか。晴といいましても、雲ひとつない快晴というやつから、晴れてはいるけど雨の降る狐の嫁入りなんてものまでいろいろありますが。

雨が降っちゃあしょうがねえや。降らなきゃいいんだよ。明日は家族のために猪獲《ししとり》ろうってんで、どうしたって降られちゃ困るんだ。雨の中で狩りはむずかしい。

わかりました。そういうことなら晴にしましょう。ね。この下駄を上に向けて、アーラナームトチメンダーム。

おっ、それで晴れるかい。

ええ。雨は降りません。

ありがてえ。で、代金のほうだが。

お代は、獲れました猪の肉一切れを、神棚へあげていただきます。

とまあ、そういう商売があったという人がいるんですが、なにぶん古い話ですからどこまで本当のことなのか、えー、保証はできません。

とにかく、人間てえものはその日その日のお天気の中で生活しているわけでございます。

ねえ、おまいさん。

なんだうるせえな。

うるさいってことはないだろ。あたしゃおまいさんに言いたいことがあるんだよ。

言いたいことがあるならさっさと言っちまえ。ことによっちゃあきいてやらねえでもねえ。

なんだね、にくたらしい。いやね、言いたいことってのはお天気のことなんだよ。

お天気がどうしてぃ。

だからさ、ここんとこ雨ばっかり続くだろう。こう雨ばかりじゃ洗濯もできやしないし、食べるもんだってカビが生えちゃって大変なんだよ。

そりゃあまあそうだろう。

だから、雨は終りにして天気にしておくれよ。

なにを!

だからお天気にしてくれってんだよ。お日さまピカピカの晴にだよ。

誰がするんだよ。

いやだよしらばっくれちゃって。おまいさんがするに決まってるじゃないか。

おれが、天気を晴にだと。

そうさね。おまいさんは気象庁に勤めてんだもの、そのくらいのことはできるだろ。

あのねえおまえ。そんなことできるわけないでしょう。

なんで出しおしみするのさ。

出しおしみじゃねえよ。いくら気象庁に勤めてたってそんなことはできねえんだ。

まあくやしい。二十年も気象庁へ勤めてお天気とつきあってきて、そんなこともできないのかいおまいさんて人は。そういうとこが要領が悪いてんだよ。上の方の人はみんな自分のいいようにお天気変えてるに決まってるんだから。おまいさんにはどうしてそういう甲斐性《かいしょう》がないんだい。キーッ。

て、ヒステリーを起こしちまいました。

ひでえめにあっちゃったなあ。女てえもんはあそこまで無学だから恐ろしい。気象庁へ勤めてりゃ天気が自由になるってんだからなあ。冗談じゃないよまったく。

おう、半公。一人で何をぶつぶつ言ってやがるんだい。

あ、金ちゃん。やあどうも。

やあどうもじゃねえやい。朝からぼんやりしやがって、死んだ魚みてえに口をぽかんと開けてると蠅《はえ》が飛び込むぞ。

相変らず口が悪いなあ。おめえのようにそうぽんぽん言われちゃあ返事ができねえ。

返事はいいから仕事しろってんだ。もう各地気象台からデータはじゃかすか入ってきてるんだ。

仕事はするよ。それで月給もらってんだから。え。どうだい。何かむずかしいことにでもなっているのかい。

むずかしいことなんかあるもんか、この唐変木《とうへんぼく》め。梅雨前線が日本列島上にどかっと居すわって、ただもう雨がびしゃびしゃ降るばっかりだ。こんな時の天気予報てものはなあ、人間様が出るまでもねえ、猫にだってできるんだ。ちっとも晴れんニャー、明日も雨だニャーてなもんだ。どうだまいったかこの野郎。

この野郎てことはないだろう。どうも金ちゃんの気の短かいのにもまいっちまうなあ。ふーん、しかしなるほどね。これがゆうべ十一時の天気図かい。うわあ。なるほどこれはどかっと居すわったもんだねえ、梅雨前線。これじゃあ嬶《かか》アが何と言ったって雨はやみゃしねえやなあ。

そうだよ文句あるか。

文句なんかありゃしねえよ。へえ。こっちがアメダスだな。うわあ。北海道以外は雨だらけじゃねえか。

そのうちおめえなんかふやけて流れだしちまうぞ。

無茶言うなよ。いくら雨が続いたって人間がふやけて流れだすてえことがあるもんか。

あ、半さん金さんこんなとこにいたのかい。あたいずい分捜しちゃった。

なんだ与太郎じゃないか。お前まだここへ通ってるのか。もうこなくていいって言っただろ。

そんなこと言うもんじゃないよ。あたいだってこの気象台の職員だ。

そうだよ。だから頭が痛《いて》えんじゃねえか。とに、どうしてこういう奴を採用しちまうんだ。日本の気候がめちゃめちゃになってもいいってのか。

半さんおもしろいことを言うなあ。あたいのせいで日本の気候がめちゃめちゃになるってのかい。あたいはそんなに偉かないよ。

わかってるよそんなこたあ。いいからあっちへ行ってろ。

そうはいかないよ。あたい、ひまわりからの雲の写真持ってきたんだ。

そういうものは早く出せ。あーっ、きたない手で触るんじゃない雲がよごれるから。

どれ見してみな。うへっ、日本中雲だらけじゃねえか。この分じゃあ明日どころか一週間くらいずーっと雨だぜ。

まあそんなとこだろうな。

と、いつもの調子でにぎやかにやっておりますところへ、
頼もう。

誰か何か言ったかい。

頼もう。

おい、変な奴が来たぜ。えーと、なんですか。

わたしは、独自の気象学をあみだして二十年、自己流の天気予報をしている山中熊造という者。一手お手あわせ願いたくてやってまいった。

うわー。おかしな奴が来ちゃったなあ。道場破りだよ。

道場てえことがあるか。気象台破りと言え。

もしわたしに勝てる者がいなければ、ここの看板をいただいていく。さて、明日の天気をいかが見るか。返答なされよ。

この野郎黙ってきいてりゃいい気になりやがって。

よしなよ金ちゃん。お前が出ると喧嘩になっちまう。ここはおれにまかしておきな。ね。えー、山中さん、だったかい。明日の天気をどう見るか答えろってんだね。いいだろう。どう見るかもこう見るかもねえ、今は梅雨の真っ只中《ただなか》で、雨が降るに決まってるんだ。まあ、降水確率九十から百パーセントってとこだね。

なに、雨が降るとな。

そうだ。北海道以外全国的に雨だ。

むふふふふ、甘い。

馬鹿野郎。

いいから金ちゃんは出てくるなって。え、山中さん、雨じゃないと言うんかい。

いかにも。梅雨前線に目がくらんで判断を誤ってはならぬのだ。ひまわりからの雲の写真をよく見られい。ここに、大陸から吹きだす冷たい風によってできたすじ状の雲が見えるであろう。すなわち明日は西高東低の典型的な冬型の気圧配置となり、北陸地方は雪、関東は冷たい風の吹き抜ける快晴の天気となろう。

あーたね、無茶言っちゃいけない。六月に冬型の気圧配置になるわけがない。

何を言うか。このすじ状の雲が目に入らぬのか。

そんなのは偶然そう見えるだけ。六月に雪が降るわけがない。

とっとと帰りやがれ唐変木め。

うぬっ。このわたしを愚弄《ぐろう》いたし、わたしの予報が外れると申すか。申すもくそもあるか。外の雨にあたって頭を冷しやがれ。

その雑言《ぞうごん》、許さん。うわーっ。

と叫んだかと思うと、いきなり机を倒す、書類を撒《ま》き散らすの大暴れでございます。職員一同寄ってたかってやっとのことで取りおさえ、警察に突き出すという、大変な騒動となりました。

とんでもねえ野郎だぜ。天気予報が外れてると言われて大暴れしやがった。

うーん。なるほど。あいつが暴れたのも無理はねえのかもしれねえ。

なんだい半公。あいつが暴れた理由がわかるってのか。

うん。だってさ、相手はお天気屋だけに、きしょうが荒い。

小説「添乗《てんじょう》さん」

ところで、あの海外旅行というものには添乗員という人がついていくことがあります。最近では添乗員なしの小人数ツアーなんていうのもあって、旅慣れた若い人なんかはそっちのほうが安いし気楽でいいなんてそっちを選んだりとかもするようですが、やっぱり大きな団体でね、老若男女《ろうにゃくなんにょ》入り混じったツアーなんかですと添乗員がいたほうが心強いということになる。

あの添乗員の仕事というのが、すごく大変らしいです。海外旅行なんか珍しくない時代だとは言うものの、それでも中には外国へ行くのは生まれて初めてだ、というような人もいます。それから、海外は五回目だけど、どこへ行った時でも、観光バスで市内を廻ったのが一番楽しかったというような、その、玉造《たまつくり》温泉二泊三日の旅と同じ感覚のまんま参加しちゃうようなおばさんもいます。バスはよかったけど、マイクがまわってこなくて歌がうたえなかったのが心残りだった、というような。

そういう人が、何と言っても海外だ、外国なんである、外人さんが集って作った国へ来てしまったのだ、ということで緊張しています。ちょっと不安に思っている。英語はまるでわからないわけで、頼りにするのは添乗員だけ、ということになる。どんなつまらないことでも、何かあるとすぐ、添乗員さん、添乗員さんとあてにします。この面倒をみるのが大変なわけです。

ほとんど、小学生を遠足につれていく先生のような感じになっちゃうんですね。

「添乗員さん。山田くんがまた吐いた」

「わっ。バケツ、バケツ。このバケツを山田くんのところへリレーして渡しなさい」

というのは小学生の遠足のまますぎて、いくらなんでもそこまではないわけですが、とにかく添乗員は大変です。

「いいですか。みなさん、入国票に書きこんだやつ持ってますね。パスポートも、出せるように用意しておいて下さい」

「えーとあの」

「はい。どうかしましたか淡路《あわじ》さん」

「ここんとこだけど、どう書きゃいいの。この、セックスというとこ」

「ああ、そこは性別のことですから」

「それはわかってるのよ。これを、あっちのあのセックスだと思って、週二回と書いた人がいるという笑い話は知ってんのよ。そしたらその隣にいた若い女の子がぽっと顔を赤らめて、なし、と書いたという」

「わかってるならきくことないでしょう」

「記号がわからないのよ。ど忘れしちゃって。MとFとあるけど、男はどっちだったっけ」

「ああそのことですか。男はMです。male《メイル》ですから。女性はfemale《フイメール》でF」

「Mか。こっちへ丸つけりゃいいんだな」

「そうです。あっ、有田さん。税関通るまでビデオで撮影しないほうがいいですよ」

「いかんのかいな」

「この国はそんなことないとは思うけど、注意したほうがいいんですよ。税関とか空港というのは国の施設ですからね。そこを撮影しているとスパイだと疑われるような国もあるんです」

「わあ、スパイはやばいがな。しまっとこ」

「有田さん、パスポートは持ってますね」

「まかしとき！」

「そんなに力入れなくていいですけど」

「パスポートはずーっと、胴巻きの中にいれとるで。見せよか」

「今出さなくていいです」

「ねえ坂本さん。ねえ坂本さん」

「あ、はい。芦田さん」

「税関の人にはチップをやらなくてもいいんでしょう」

「ええ。税関でチップはいりません」

「そうだわよねえ。安部さんの奥さんが、外国ではどんな時でもチップをやらなきゃいけないっておっしゃるのよ。日本で言う心づけみたいなものだからって、千円札をちり紙でくるんでいらっしゃるの。私、そこまでしなくてもいいんじゃありませんのと言ったんだけど」

「千円札をですか」

「ええ。まだお金をチェンジしてないんですって」

こういう具合で、いよいよ目的の国に入国しようという時からこのありさまですから、旅行が本格的に始まったらもう大変な騒ぎ。何から何まで添乗員が面倒みなくちゃいけないわけです。

(ホテルのレストランでの食事のあと、コーヒー・タイムという風情《ふぜい》で)

「え、えーと、あの、これ買ったんですよね。土産《みやげ》に。ほら、これね、シルクだっていうんですけど」

「ああ小宮さん。あ、そうですか。へえ。いいもの買いましたね」

「いいですか。**ホントー**にいいですか」

「どうしちゃったんですそんな大きい声を出して」

「これ、いいものだと思いますか」

「え、ええ。いいお土産じゃないですか。柄《がら》も、こっち特有のものですし」

「この柄は、**ホントー**にこっちのものですか」

「わっ。そうだと思いますよ」

「そうか……。少くとも、その点は嘘ではなかったというわけですね。そうかあ。やっぱりそうだったかあ」

「ああなるほど。旅先で土産のつもりで買ったら実はそれがメード・イン・ジャパンだったりするという、ああ、そのことを心配していらっしゃったんですね。それは大丈夫ですよ。ちょっと見せて下さい。うん。これは本当にこっちのものですよ。ほら、シルク百パーセントとも書いてあります。いいお土産ですよ」

「しかし、それで安心するのはまだ早い」

「いや、これはちゃんとこの国で作られたものですったら」

「いくらで買います」

「は?」

「あなたなら、これをいくらで買います」

「あ、値段ですか。さあ、こういうものはどれくらいするんでしょう。思ったより高いでしょうね。柄が細かいから。いやあ、何度も来ていても私たちはあまり買物をしませんからよく知らないんですけど」

「坂本さん、予防線はってますね」

「えっ。いや別に、予防線なんかはっていませんけど」

「私が騙《だま》されて、法外な値段で買わされている場合のことを考えていかにも高いもののように予防線を」

「そんなことしていませんよ。一体いくらで買ったんですか」

「四十ドル」

「え」

「四十ドルです。どうです。私、騙されたでしょう」

「わーっ。そんな大きい声出さなくてもきこえます」

「旅慣れない、バカだと思うでしょう。間抜けなカモだと」

「いや、そんなことないですよ。これでしょう。シルク百パーセントですよ。それに、柄が細かい。これが四十ドルなら安いですよ」

「……。本当……ですか」

「ええ。なかなかいい買物ですよ」

「最初はね、六十だと言ったんです」

「それを値切ったんですか。やるじゃないですか」

「私、三十にしろと言ったんです。ね。サーティ・ダラー、問答無用。ディスカウント、ユア、ビジネス、そうすればエブリボディ、ハッピー、カムカム」

「そう言ったんですか」

「通じましたよ」

「へえ」

「しかし三十にはどうしてもできないと言うんですよ。五十までだ。問題外だ。五十にしかならない。三十五だ。四十五にしてくれ。三十五。四十五。間をとって四十だ。オーケー」

「うまいじゃないですか」

「ほんとうに**そう思いますか**」

「本当に思います。うまい。旅慣れてる。そういう人がいると商売人もまいっちゃう。泣いちゃう」

「そうですか。そうか。そうだとすれば、一安心です。でへへへへ。いやあ、そうなんだとすれば、いい買物しちゃったなあ。ねえ、四十ドルって、五千円ちょっとでしょう。これ、日本だと五千円じゃあ買えないですよね。これは買えないわ。シルク百パーセントだし、ねえ、柄が細かいもの。ほらここんとこなんか、点点点点点で、見て下さいこの細かさ。これは五千円じゃ買えないですよ。ね。二万、いや三万はいくなあ。ひょっとすると五万円くらいするかもしれない。そうでしょう。それを四十ドルだもの。五千円ちょっとだもの。いい買物しちゃったなあ」

「よかったですねえ」

「あー」

「え?」

「その言い方」

「何か」

「私をなぐさめようとしていますね」

「そんなこと……ないですよ」

「いや。そういうニュアンスあったですよ。やっぱりこれ、本当は、十ドルくらいでどこにでも売ってるものなんでしょう。私が、私が旅慣れないバカだからそれを四十ドルというような法外な値段で……」

「そんなことありませんから。ね。あなたはいい買物をしたんです、小宮さん。うまい！　ニクい！　商売人殺し！」（ふーっ、とため息をつく）

「ねえ坂本さん。ちょっといい」

「あ、安部さん」

「あのね、芦田さんの奥さんが、こういうホテルでは必ず、朝部屋を出る時に、枕の下にいくらかチップを置いておくものだって、おっしゃるの。それ本当のことですの」

「ああ、それですか。いやあ、あれ、なんとも言えないんですよ。そういう話をどこかで教わったという人が多いんですけど」

「まくら銭と言うんでしょう」

「ええ、そうなんだけど、どう言えばいいかな。本当はですね、チップというものは目の前でやってくれたサービスに対して払うもので、枕の下においておくものではないんです」

「あらあ。じゃあ、あんなことする必要ないわけなの」

「原則としてはそうです。だからその、ちょっと前までは、日本人というのはどういうつもりなんだか、枕の下にチップを置いておく変な人間だと思われていたわけです。世界中で」

「じゃあ、あんなことバカみたいですわね」

「ええ。でも、誰が最初に言い始めたのかはわからないんですけど、やけに日本人の間にその話が広まってしまって、みんなが枕の下にチップを置くわけです。それが続いてきてますからねえ。もう、外国人のほうもよく知っているわけです。日本人の客だから、枕の下にチップがあるぞと、期待しちゃっている。期待しちゃっているとですね、置いてなければムッ、とするということになって、それなら置いといたほうがいいかな、という面もですね、出てくる。つまりそれは、ここ数年で日本人が作り出してしまった新しい風習なんですね」

「そんな風習作らなければいいじゃありませんか」

「そうなんですけど、日本人が作ってしまったんです。というわけで、あとは皆さんの判断で、お好きなようにして下さいと、いつも説明しているんですよ」

「だったらそんなことしないほうがいいですわよ。日本人がその国の習慣を変えるようなことをしてはいけないでしょう」

「ええ。そうとも言えます」

「そうですわよ。そういうのは、文化の破壊でしょう。伝統の押しつけでしょう。二国間の交流における侵略的行為です」

「わあ。まあ、そうかも」

「そうですわよ。私、チップが惜《お》しくて言うんじゃないですよ。でも、旅行者というものは、その国の文化を尊重しなくちゃいけないと思いますの」

「そうですけど」

「だから枕の下には私、チップを置きません。そうでなくちゃいけないの」

「でも」

「何ですの」

「トイレで、手ふきのナプキンを渡してくれる人にはチップをやったほうがいいですよ。その、安部さんがですね、その人たちにチップをやらずに、飛行機の中でもらったアメを渡して平気でいるときいたものですから」

「まーあ。誰がそんなことおっしゃるの。私はただ、この国の人たちの温かい善意に接した時に、お金で感謝を表すなんてあんまりにも味気ないことだと思って」

「いやあの、そう興奮しないで」

「だって、だって口惜《くや》しいじゃないの。どうして飛行機で十時間もかけて飛んできた土地で、そんなことでひとにバカにされなければならないの」

「いや、もういいですから。ね。いやいや、旅は楽しく。楽しくやらなきゃいけません。はい。はい。ですから。はい。安部さんの信じるようにやればいいです。それで、心というものは伝わります。ね。世界はひとつ、人類は皆兄弟。はいはい。いいんですよそれで。誰も文句なんか言いません」

（なだめて退散させる様子。それから、ため息をつき、ハンカチで額《ひたい》をぬぐう。思い出したように立ちあがって）

「えーと皆さん。お部屋へ戻る前に明日のことをちょっと言っておきます」

（ポケットから手帳を出して）

「えーと明日はですね、飛行機で第二目的地へ移動します。その飛行機の出発時間が十一時で、多分これは三十分か一時間遅れることになると思いますが、そうも言ってられないのでそれまでに搭乗手続きをするとなると、このホテルを九時に出発しなきゃいけません。ですからえー、七時にこのレストランへ集合していただいて、朝食をとりたいと思います。よろしいですか七時ですよ」

「よっしゃ。わかったで」

「はい。川崎さんもいいですか。遅れたら、部屋へ電話しますけど」

「大丈夫よもう。一回、十分くらい遅れただけじゃない」

中には、うるさくて気の小さい添乗員だななんて不平を言う客も出てくるんです。それでも気を抜くわけにはいかない。本当に大変な仕事ですよ。そして、これだけ面倒みてても、おかしな騒ぎを引き起こす人が必ず出てくる。

必ず一人や二人は、おなかをこわす、風邪をひく、中には、こんな時に限って盲腸になって現地の病院で手術したりするのまでいる。

空港で、荷物が積み残しになってしまうドジな人がいる。鍵を部屋の中においたままホテルの廊下へ出ているうちにロックがかかって、部屋に入れなくて大騒ぎする人が三人は出る。トイレの水が流れないから部屋をかえてくれという人がいる。女を世話してくれと言う強欲《ごうよく》親父までいる。

そんなごたごたを一人で面倒みて、添乗員はふらふらになって旅行しているわけです。

それで、旅もいよいよ終りのほうにさしかかってくると、必ずと言っていいほどこういう人が出てくるんですね。

「最後の最後にやられてしもたわ。ものすご用心してたんよ。それが最後の最後に、ちょっと気を抜いたとたんに、もうあれへんの。そこに置いといたお金が。金額はね、十ドルやから大したことないの。千三百円でしょう。その金額は大したことないんやけど、くやしいやないの。ずーっと用心してきて、最後の最後やったんやから。用心はすごうしてたんよ。大きなお札持ってると狙《ねら》われて危いてきいてきたからね、お金全部一ドル札にかえてきたの。そんで買物するたんびに、リトル・マネー・ソーリーね、リトル・マネー・ソーリーねゆうて払ってたんよ。そんだけ用心してたのに、ほんとに最後の最後、免税店でお酒買《こ》うてて、一、二、三と一ドル札十枚机の上に並べて数えて、ふっと横向いててもういっぺん見たらのうなってしもてたの。ほんとにもう一瞬のことよ。くやしいわあ。せっかくここまで何もなしに来たのに、最後の最後でリトル・マネー・ソーリーが無になってしもたんよ」

ちょっと、話を間違えました。そういうおばさんの話をしようと思ってたわけじゃないんです。確かにこういう人も、旅の中で必ず出てくるんですけど、海外旅行も終りがけになってくると必ずこういう人がいるという例として、話したかったのはリトル・マネーおばさんのことじゃなくて、とち狂いOLのことだったんです。気をとり直してやり直しましょう。

(ホテルのプールサイドのチェアで、ハンカチを顔にかけてねそべっている。そこへ女)

「坂本さん。ちょっといいですか」

「え。あ、ああ。(ハンカチをとって) ああ小野さん」

「ちょっとお話してもいい」

「え。ああ、どうぞ。何ですか。何かトラブルありましたか」

「そうじゃないの。坂本さんと、個人的にお話したくて」

「へえ。私とですか。はあ」

「ねえ見て。すごくきれいな夕焼けじゃない」

「あ。そうですね。きれいです。ちょっとこれは日本じゃ見られない夕焼けですよね」

「そうよね。こんなにきれいな夕焼けは日本では見られないもの。これを見ただけでも、来てよかったと思うわ」

「そのくらいの値打ちはありますね。見事ですよ」

「とっても……楽しかった」

「は?」

「この旅行、私にとっては青春の最後の思い出になりましたわ」

「青春の最後ということはないでしょう。まだ若いもの。でもまあ、旅行が楽しかったということは嬉《うれ》しいことですけど」

「私、この旅行に参加したのには、わけがあるんです」

「へえ。どんなわけです」

「……。この旅行は私にとって……、過去を忘れるための、旅行……」

「はあ」

「忘れてしまいたい過去が、あったの」

「ええ」

「でも女って弱いでしょう。なかなか忘れられなくって」

「そういうものですかね」

「だから、海外旅行に出てみたんだけど、うふっ、そういう女って、打算的だと思うかしら」

「そんなこと思いませんよ。旅行のよさは、日常の生活から離れられることですからね」

「そうよね。だから私がこの旅行で、つらい過去の愛を忘れようとしたこと、悪いことじゃないでしょう」

「ええ。でも忘れたい過去って何ですか。不倫でもしてたんですか」

「きかないで。それは言いたくないの。坂本さんにはすごくお世話になって感謝してますけど、それは、ヒ、ミ、ツ」

「あ、すみません。立ち入ったこと言って」

「いいんです。とにかく、旅行のおかげで過去のことがふっきれましたわ。私、新しい女に生まれかわれそう」

「よかったですね」

「そうよね。これからがまた、私の新しい人生なの。そういうきっかけを作ってくれたこの旅行と、そこでお世話して下さった坂本さんにはすごく感謝してます」

「別にその」

「でも……、旅ももう終り」

「え、ええまあ」

「今夜このホテルでの宿泊が最後。明日はまた飛行機に乗って、日本へ帰るんだわ」

「そうです」

「……、私、決心したんです」

「な、何をですか」

「これまでとは違う人生を歩くの。これまでとは違う、新しい女になるの」

「はあ」

「だから、冒険、しちゃう」

「え？」

「今夜、坂本さんと冒険しちゃうって、決めたの」

「えーっ。そ、それ、もしかして」

「わかっているくせに。女に恥をかかせたりしないでしょう。坂本さんは優しいから」

「あ、あ、あのですね。いやそれはねえちょっと、やっぱり無茶ですよ。私はね、私はその個人的にはですね、わわわっ、いい、いいなあ、わーいいぞと思います。もちろんそう思います。だけどその、旅行が終るまでは仕事中なんです。仕事中にそういいことがあるのはね、やっぱりまずい。そ、それに小野さんもですよ、小野さんもその、旅行中だから気持がね、平常じゃないとかいうことあるでしょう。あるんです。よくそういうことあるんです。旅行中は心が開放されてですね、ついその、あとで考えると後悔するようなことをやっちゃったりする」

「後悔なんかしないわ」

「や、だから、旅行中だからそう思っちゃうんです。だからその、あのですね、旅行が終ってから考えましょう。ね。日本へ帰ってから、また会いたいなと思うなら、もし思うならですよ、その時連絡とって会いましょう。そういう形でデートすればいいんです。ここはダメ。エキゾチックでムードあるから。つい、その、おかしな気分になっちゃうかもしれない。ダメ。ここではダメ」

「うふっ」

「な、何ですか」

「坂本さんって、臆病なのね」

「そうです。私はもう、すごく臆病なんです」

「じゃあ今夜は、ゆ、る、し、て、あ、げ、る」

「はあ。あ、どうも」

こんなのの相手してたらたまりませんよ。こういう女はまず例外なく、顔関係がけたたましいんですから。

「あ、いけません。それだけはやめたほうがいいです青井さん。それは本当に危険なんだからやめて下さい。いや、こっちにも責任あることだから困るんです。冗談じゃなくて本当に危いですから。命にかかわりますよ」

「そんなことばっかり言って、これじゃ最後の最後までお子様安全コースじゃないの。おれやっぱ、スリル満点の泥棒市場の裏側とかさ、ネズミの大群のいる露地《ろじ》とか行ってみなきゃ、帰って仲間たちに合わす顔ねえもん。冒険しなくちゃ。そういうとこで、マリファナ買って吸ったり」

「いやダメ。ここのスラムは本当に危険ですから。マリファナなら私が安全なのを手に入れてあげてもいいですから、あそこへは行かないで下さい」

「安全なマリファナなんか面白くねえもん。坂本さん、気が小さすぎっから」

「本当にやめなきゃいけないんです。お願いしますよ。頼みますからそれだけはやめて下さい。ね。ね。ね。この国では本当に命にかかわるんです、スラムなんかへ一人で行ったら。やめますね。いいですか約束ですよ。妙な気を起こさないで下さいよ。いいですね青井さん」

(ほっ、とため息をついて)

「まいっちゃうよなあ。ああいうのが一番困る。ツアー旅行じゃスリルがないなんて、冗談じゃないよ。どこを見物しても一番にバスに戻ってくるくせしやがって。何がスリルだ。何が冒険だよ。冒険家が七十二歳の婆さんも参加してるツアーで旅行するかよ。ほんとにまったく。お前は沢木耕太郎じゃないんだよ。似合わないロマンを求めるんじゃない」

（とは言いつつ心配になってくる）

「しかし、大丈夫だろうな。あいつ本当にスラムへ一人で行ったりしないだろうな。もしそんなことされたら大変だぞ。心配になってきた。バカは何やるかわかんないからな」

（くるっ、と振り向いていきなり大声）

「わーっ。あ、青井さん。な、な、何だまだそこにいたんですか。なんだあ、そうだったのかあ。旅慣れてるからなあ、青井さんは」

添乗員の苦労の種はつきないわけです。

（了）

〔この作品は、立川志の輔氏の上演用に創作したものです。これを脚色、演出して上演する権利は、志の輔氏一人にあることといたします〕

あとがき

エッセイというのは不思議なものである。

この本には、ここ十年くらいの間に私が書いたエッセイを集めたのだが、考えてみると、自分から書こうと思って書いたものはひとつもないのだ。

小説の場合は、私は自分で、今度はこういうものを書こう、とプランして書いていく。時には編集者からいいヒントをもらって発想することもあるが、そのヒントをきいた時に、それは私にとって書きたいことだ、という気がしてアイデアをひねり出すわけだ。

ところが、エッセイというのはいつも、別に書こうと思っていたわけではないのに、書くことになる。つまり、いろんな雑誌から依頼を受けて、時には自由な題材で、時にはテーマを決められていて、何か書いて下さいと言われて書くのだ。私にとってエッセイとは、そういうページから声がかかったので書いたもの、なのである。

私が自分のことをエッセイストではないと思うのはそのせいだ。

そういうわけで、考えてみると私のエッセイは、講演における質疑応答に似ている。どなたか、何か質問はありますか、ときいてみて、そこで出てきた質問に答えるように、私はエッセイを書いている。

「作家として、どんな小説を書いていきたいと思っているんですか」

「最新作を書いたねらいは何ですか」

「どんな小説が好きですか」

「犬を飼ったことがありますか。犬についてどういう思いを持っていますか」

そういう質問を受けたとして、それに対して本当のことを答えていく、というのが、私のエッセイである。

そして、きかれていることにはなるべく正確に答えよう、と思うので、案外正直にきっちりと書いてしまっている。わざと皮肉に本心とは逆のことを書いてみるとか、韜晦《とうかい》を楽しむとか、アイロニーに流れるとか、ギャグをかます、ということがあまりない。正直に書いてるなあ、と自分でも気恥ずかしくなるぐらいだ。

つまり、エッセイストではない私のエッセイには、芸がない。そのかわり、正直な私の思いが飾らずに出ている。

小説では大いに妙なことを書く私の頭の中が、とてもマトモであるということが、このエッセイ集を読むとわかるのではないだろうか。逞《たくま》しいほどマトモでなければ、ぶっとんだ珍妙なことは発想できないのである。
そんな意味で、私のものの考え方や、世の中への感じ方が、はからずも出てしまった本になったかな、と思っている。テーマがバラエティに富んでいるので、いろんな私が出てしまっているが、お気楽に読んでいただければそれでよい。

二〇〇一年七月

清水義範

初出一覧

どんな小説が書きたいか　「星星峡」一九九九年五月号　**科学する小説**　「すばる」一九九三年九月号
なぜ理科か　「本」一九九七年一月号　**忘れられていた殿様**　「葵」一九九六年七月号
吉良町の思い　「オール讀物」一九九九年一月号　**私がきいている昭和**　「本の話」二〇〇〇年七月号
歴史で遊ぶのは面白い　「青春と読書」一九九七年五月号　**列車の中で**　「現代」一九九三年十二月号
参考資料を書く理由　「大衆文学研究」一九九五年Ⅱ
「三番目の不幸」の幸せ　「小説トリッパー」一九九八年春季号
三度デビューした　「小説すばる」一九九四年十二月号
乱歩の強靱な二面性　「国文学　解釈と鑑賞」一九九四年十二月号
よそんちのパロディーのもどかしさ　「新潮」一九九三年三月号
なんとなく私と似ている　「アミューズ」一九九七年九月十日号　**『魔の山』**　「ＶＥＲＹ」一九九七年十一月号
『ドン・キホーテ』――シュールなギャグ　「週刊世界百科　世界の文学」第二巻ヨーロッパⅡ二号
『聖書』――文化を読む楽しさ　「週刊世界百科　世界の文学」第一巻ヨーロッパⅠ五十四号
ガリバーが一番　「ミステリマガジン」一九九二年五月号
『タイム・マシン』　「朝日新聞」一九九三年十一月十四日
『地獄』　「オール讀物」一九九九年十月号　**幻の「赤西蠣太」**　「週刊文春」一九九八年七月二十三日号
読んで頭をかきまわす　「波」一九九二年十月号　**郷土本コーナーをさがして**　「日販通信」一九九七年四月号
好きな動詞「休む」　「図書」二〇〇〇年五月号

好きなことばの〝なぜ〟「放送研究と調査」一九九六年十二月号
仁義と『広辞苑』「図書」一九九八年十月号
日本語は守りきれないなあ　「青春と読書」二〇〇〇年十二月号
有名中学国語入試問題　「新潮」一九九二年臨時増刊号　作文教室から　「潮」一九九三年七月号
ディベートの思い出　「中学教育」一九九九年九月号

奇跡のような複合と調和　イスタンブール　「日本航空機内誌ウインズ」一九九七年二月号
社会科はどこにでもころがっている　「本」一九九八年十二月号
インドで考えすぎることはない　「波」一九九六年二月号　インド旅行日記　「青春と読書」一九九六年三月号

父のたばこ　「週刊文春」一九九二年十月八日号・十一月五日号
母との口論時代　「文藝春秋」一九九九年五月号
電化製品のころ　「東京新聞」一九九三年一月八日〜六月二十五日

疲労困憊日記　「月刊カドカワ」一九九四年九月号　街が変る　「文藝春秋」一九九七年四月号
東京の大雪　「日本近代文学館」一九九八年三月十五日号
うどんににじむ文化の違い　「別冊サライ」一九九九年十二月二十五日号
お弁当を持って海辺へ行こう　「NHKきょうの料理」一九九七年四月号
テレビが家にやってきた　「太陽」一九九五年八月号
鏡としての動物　「どうぶつと動物園」一九九四年十月号
犬にとっての私　「ドッグ・ワールド」一九九九年十月号
気持ちがふんわりする映画　「小説すばる」二〇〇〇年十二月号

いいよねえ、ビリー・ワイルダー　「キネマ旬報」一九九五年十二月上旬号
お天気屋　「小説現代」一九八九年一月号
添乗さん　「小説現代」一九八九年七月号

本書に収録するにあたり、加筆し、また改題したものもあります。

本書は、二〇〇一年八月大和書房より刊行されました。

|著者|清水義範　1947年名古屋市生まれ。愛知教育大学国語科卒。1981年『昭和御前試合』で文壇デビュー。1986年『蕎麦《そば》ときしめん』でパスティーシュのジャンルを確立。1988年『国語入試問題必勝法』により吉川英治文学新人賞受賞。主な著書に『永遠のジャック＆ベティ』『おもしろくても理科』『もっとおもしろくても理科』『どうころんでも社会科』『もっとどうころんでも社会科』『尾張春風伝』『ゴミの定理』『飛びすぎる教室』『MONEY《マネー》』『バードケージ』『イマジン』『大人のための文章教室』『清水義範のほめ言葉大事典』『福沢諭吉は謎だらけ。心訓小説』『冬至祭』『読み違え源氏物語』『スタア』など。

清水義範《しみずよしのり》ができるまで

清水義範《しみずよしのり》

講談社文庫
定価はカバーに
表示してあります

2007年5月15日第1刷発行

発行者――野間佐和子
発行所――株式会社　講談社
東京都文京区音羽2-12-21　〒112-8001
電話　出版部（03）5395-3510
　　　販売部（03）5395-5817
　　　業務部（03）5395-3615

デザイン―菊地信義
本文データ制作―講談社プリプレス制作部
印刷―――豊国印刷株式会社
製本―――株式会社上島製本所

Printed in Japan

落丁本・乱丁本は購入書店名を明記のうえ、小社業務部あてにお送りください。送料は小社負担にてお取替えします。なお、この本の内容についてのお問い合わせは文庫出版部あてにお願いいたします。

ISBN978-4-06-275735-5

講談社文庫刊行の辞

二十一世紀の到来を目睫に望みながら、われわれはいま、人類史上かつて例を見ない巨大な転換期をむかえようとしている。

世界も、日本も、激動の予兆に対する期待とおののきを内に蔵して、未知の時代に歩み入ろうとしている。このときにあたり、創業の人野間清治の「ナショナル・エデュケイター」への志を現代に甦らせようと意図して、われわれはここに古今の文芸作品はいうまでもなく、ひろく人文・社会・自然の諸科学から東西の名著を網羅する、新しい綜合文庫の発刊を決意した。

激動の転換期はまた断絶の時代である。われわれは戦後二十五年間の出版文化のありかたへの深い反省をこめて、この断絶の時代にあえて人間的な持続を求めようとする。いたずらに浮薄な商業主義のあだ花を追い求めることなく、長期にわたって良書に生命をあたえようとつとめるところにしか、今後の出版文化の真の繁栄はあり得ないと信じるからである。

同時にわれわれはこの綜合文庫の刊行を通じて、人文・社会・自然の諸科学が、結局人間の学にほかならないことを立証しようと願っている。かつて知識とは、「汝自身を知る」ことにつきていた。現代社会の瑣末な情報の氾濫のなかから、力強い知識の源泉を掘り起し、技術文明のただなかに、生きた人間の姿を復活させること。それこそわれわれの切なる希求である。

われわれは権威に盲従せず、俗流に媚びることなく、渾然一体となって日本の「草の根」をかたちづくる若く新しい世代の人々に、心をこめてこの新しい綜合文庫をおくり届けたい。それは知識の泉であるとともに感受性のふるさとであり、もっとも有機的に組織され、社会に開かれた万人のための大学をめざしている。大方の支援と協力を衷心より切望してやまない。

一九七一年七月

野間省一

講談社文庫 最新刊